赵宛儿，那我呢？

你要我怎么办？

行止晚

织尔
[著]

江苏凤凰文艺出版社
JIANGSU PHOENIX LITERATURE AND ART PUBLISHING

目录

无论吵闹嬉笑，皆是欢喜。

好像有什么东西，在心里化开了。
突破十年的风雪冰霜，从冰封的土里钻了出来。
行止晚

景辉十一年，我六岁。太后把我和长姐叫到慈宁宫，问我想不想一直有漂亮的衣服穿。我点头，太后笑了。

我也笑。

转头看见长姐红了的眼眶，我觉得她应该是没吃到桂花酥才难过的。但是我不能给她，因为阿娘说长姐吃了会长麻子。

我的姐姐那么好看，比仙女都好看，可不能长麻子。

第二天，宫里来人把我接走，我开心极了。

因为我的小裙子可真好看啊。

太后说，宫里有穿不完的小裙子和吃不尽的桂花酥，只要我喜欢，我可以天天穿着新裙子、吃桂花酥。

我进宫后一直和太后住在一起，她每天早上很早就起床，领着她的儿子去上朝，我就要一直饿着肚子等着他们回来一起吃饭。有的时候他们回来得晚，我就要饿很久的肚子。

我有点不喜欢这里了。

在宫里待了几天，太后有一天早上回来，和我一起吃过饭之后说要带我出去逛逛。

这皇宫真大啊，我很奇怪，这里的建筑都是一样的，太后他们不会迷路吗？

我俩一起站在一个宫殿门口，太后说这里是凤栖宫，是我将来可能要住进去的地方，问我喜不喜欢。

我摇头，说这里人太少了，待在里面一点也不快乐。

太后笑了，说以后会有很多人来这里找我玩的，说我一定会很高兴。

其实我不太赞同太后的话，但是我不敢说。长姐千叮万嘱让我一定不能和太后顶嘴，说的次数太多，我都烦了，就冲她大吼说我知道了。

然后我就看见长姐红了眼眶，以前怎么没发现长姐这么爱哭呢。我怕阿娘看见了会骂我，赶紧安抚长姐说我记下了，没想到长姐哭得更厉害了。

我……我可能又要挨揍了。

我一直待在宫里，陪着太后她老人家练练字、读读书，其实大部分时间都是我在读书练字，太后总是坐在堆满了本子的小桌子前面和她儿子写写写。

哦对，我还要每天陪着太后的儿子吃午饭。可他儿子实在是太闷了，吃饭一句话也不说，虽说是“食不言，寝不语”，但是一个人吃饭怎么能一点声音也没有呢？

这饭我吃得不开心，吃得就少，这么多日子下来，我觉得自己都瘦了。

我跑去和太后说能不能不和他一起吃饭了，我觉得自己都瘦了，太后笑着说我明明圆了一圈。

后来，也不知道章景行是哪根筋搭错了，竟然每回吃饭的时候都给我讲故事！

他讲的都是些无聊乏味的历史故事，有的时候还掺杂着吓人的内容，弄得我更不能好好吃饭了。

高山仰止，景行行止。

章景行就是太后儿子的名字，他的人就和他的名字一样，给人一种飘在天上，不与我们这些俗人同流合污的感觉。

可我偏偏想把他拉下来，偷偷撕了帝师留的作业，在他的茶壶里放很多很多盐，或者半夜偷偷在他窗边趁他不注意时吓他。每次看着他气得跳脚，大骂“赵宛儿你给朕禁足！”的时候，我才觉得这皇宫，其实也挺有意思的。

我当然不会被禁足，我有太后撑腰，什么都不怕。

我在宫里待了好长时间，从树上还是绿绿的叶子，偶尔会掉下来一只毛毛虫把我吓一跳，一直到天上落雪，冷得让人不敢出门，长姐才来看我。

长姐来的那一天，宫里正在过新年，哦不对，应该是整个启国都在过新年。

我正蹲在一边看着芝蓉手法娴熟地烤红薯，赞叹着芝蓉不愧是夜里偷偷给我开小灶的手艺，香味这么快就飘出来了，还是鸡腿味的红薯。不得不说，到底是从府里带进宫的丫鬟，这鸡腿竟还有几分长姐做的味道。

我有点想长姐了，应该是被烟熏的。我抹了抹眼泪，就看见芝蓉也被熏哭了。

“小宛儿。”这烟熏得我都能幻听到长姐的声音，我不想吃烤红薯了。

然后一转身，我就看见一个人正站在门口。她长得可真好看啊，和我长姐一样好看，配着屋外的大雪，就像从画里走出来的一样。

她向我张开怀抱，我赶紧扑过去，这里的烟实在是太熏人了，回头我一定要让芝蓉好好改进技术。

长姐还是和之前一样喜欢唠叨，连吃个饭也不让我消停，一直在我耳边说在宫里要保护好自己，不要随便听其他人的话，出门要多带几个人，不许我独自出去，见到章景行要行礼，等等。

她说得我头都大了。我问她，什么时候能回家去，进宫之前，我答应阿清再下雪时陪她打雪仗来着，我这次不回去，她又该偷偷扎小人骂我了。

我还没说完，看见长姐又有点红了的眼眶，就赶紧识趣地闭上嘴。

不回去就不回去吧，反正我在宫里和在家一样都是吃吃睡睡，只要长姐和阿娘多来看看我就行。家门口的肉包子我已经一年没吃到了，也不知道他有没有听我的把里面的胡萝卜去掉，简直影响口感。

我与长姐玩了一下午，和她说宫里的东西好吃，裙子也漂亮，太后待我极好也不曾责罚过我，大家对我都很好，除了那个章景行。

章景行没有对我不好，他就是不理我，应该说他不理所有人，就好像多说一句话会死一样。

长姐立马捂住了我的嘴，我的桂花酥还没来得及咽下去。我觉得长姐肯定是故意的，因为她不能吃桂花酥，也见不得我吃。

长姐说只要我在宫里乖乖的不闯祸，她就经常来看我。我问她会不会给我带家门口的肉包子，她看着我不说话，可能是觉得我太没出息了吧。

可是没办法，那个肉包子实在好吃。

所以啊，为了肉包子我也要乖乖的。

我习字读书更加用功了。太后惊奇地问我怎么这么努力，我说因为肉包子，太后还没说话，章景行就在一旁鄙视我，骂我傻。

这么多宫人在呢，我不要面子的吗？

那我能忍吗？

我愤怒地看着他，想把他身上看出两个大窟窿，但是我还没有练会这个技能，所以暂时算了。

我拿出我的小本子记仇，等我练会用眼神杀死人的时候，就新账旧账一起算！

勾践还卧薪尝胆十年呢，我才七岁，等我十七岁的时候，我就要让章景行为他所做的事付出代价！

就这样过了三年，在我十岁的时候，长姐说我大哥回来了，我才依稀想起我还有个大哥来着。

我在宗亲宴上远远看了一眼我大哥，他长得也好看，就是有点黑，特别是和我长姐比起来，他更黑了。

但是好像大家都挺喜欢他的，轮番给他敬酒，说他年少有为，骁勇善战。

我不想让他喝这么多酒，太后说酒不是一个好东西，喝多了对身体不好。他总归是我哥哥，要是身子喝坏了还要花钱治，万一我家没那么多钱怎么办。

我就让芝蓉过去让他少喝点，看见他往我这里看，我冲他招招手，想告诉他我是他妹妹呀。可他反应真的好慢，过了很久才冲我招手。

他应该不认识我，因为我也不太记得我有个哥哥了。

我的话好像不起作用，他还是喝酒，肯定是芝蓉那个小丫头没有好好把喝酒的坏处和他说，我打算回去好好写一份陈情书给他，动之以情晓之以理，让他为我们赵家金库早做谋划。

我觉得自己真聪明啊，前几日才学的未雨绸缪，今天就用上了，章景行还老说我傻，他才傻呢，大傻子。

章景行你个大傻子！

不过，这些话我只敢自己在心里说说，长姐要我慎言，我真怕做梦的时候会说出来。

我的陈情书还没写完，太后说我哥哥又去边境了。我想他一定是喜欢那里的某一个姑娘了，不然怎么总是去，还这么久也不回来。其实他可以把那个姑娘娶回来，哦不对，那这样那个姑娘也要离开家乡了。

唉，这真是个让人苦恼的事情，愁得我一天都没吃得下饭。

太后最近迷上了佛经，你说她喜欢就喜欢吧，干吗还要拉着我呢？说人家经书上的字看着不习惯，硬是要我抄写下来给她看。

那么大一本啊，我每天都抄到很晚才能睡觉。

因为总是抄着抄着就睡着了，每逢傍晚我就和芝蓉一起搬着经书到章景行那里去。我和他说，如果看见我睡了就狠狠地敲我。

他敲我敲得可疼了，每次都是我做着我的鸡腿梦，他就把我敲醒了，然后我拿出小本子记完仇之后继续抄佛经。

不过，有时候他的眼神也不好，我偷偷睡着了他也不知道，醒过来看他没发现就赶紧再开始写。

有几次我睡着了，醒来的时候已经天亮了，我慌慌张张地跑去书桌前，看见已经抄好的经文，傻眼了。

我问芝蓉这是我抄的吗，芝蓉还没回答就被章景行抢先说，这么丑的字只有我能写得出来。

我仔细看了看，的确是我的字，可能我真的脑子不太好使，连自己写完了都不记得。

我觉得应该是睡得少的缘故，我还是个小孩子，正在长身体，怎么能每天只有这么少的睡眠呢。

他睡得也很晚，他好像从小到大都有忙不完的事。原来当皇帝这么累，太后的心也忒狠了，我要是有个孩子，可不让他当皇帝。

我突然有一种同病相怜的感觉，我俩在睡觉少这方面，应该是战友，所以我和他商量要不和太后说说，给我们轻松一点的任务，让我们多睡会儿。

不过，他没理我。

没关系，反正他不理我也不是一次两次了，我都习惯了。

长姐又是在冬天我看芝蓉烤红薯的时候来看我的，我严重怀疑她是觊觎我的红薯，所以就每年的这个时候来，但是我才不会给她红薯呢，因为她每年都不给我带肉包子。

今年真好，她没哭。

也是，我入宫都六年了，她总不能连续哭六年吧。

这次她带了阿娘亲手做的红烧兔头给我，我想问她阿娘为什么不进宫看我，但是吸取前几年我每问一个问题她都掉眼泪的前车之鉴，这次我乖乖地吃就好了。

不得不说，我阿娘别的不会，这一手红烧兔头做得简直是人间美味。我忍不住赞叹太好吃了，顺口说了句要是以后能经常吃到就好了。

说完这句话我就后悔了，果不其然，我又看见了长姐苦涩的笑容和泛红的眼眶。

唉，就我多嘴。

一整个冬天，我都缩在太后的寝宫里。

早上起床读书，等章景行下朝回来一起吃饭。他最近脾气不太好，每次吃饭都摔碗，吓得宫女、太监跪了一片。

我有点心疼这个碗，就和全公公说要不换成铁的碗，摔不碎。

我也没说什么，全公公就跪在我面前说赵小姐万万不可呀。

我拉他起来，不可以就不可以嘛，怎么还要跪着说。

今天他又摔碗了……

我心疼地看着地上白花花的大米饭，旁边还有块肉。

不吃给我嘛，摔碗干吗？

长姐要我一定要乖乖的，不可以闯祸，要我谨言慎行，要我……

“啪！”

又摔了一个茶杯……

不是说妹喜喜好闻裂缯之声，我觉得章景行应该是喜欢碎碗之声，那我陪他一起摔吧。

于是，我就把桌子掀翻了。

很尴尬的一件事是，我本来想坐着很优雅地推翻，但是推不动。于是我站起来，费了好大力气才掀翻了它。

我满意地拍拍手，冲章景行得意地笑。

我觉得他肯定会高兴的，甚至还会奖励我，我看中他的玉扳指已经好久了。

不过他没理我，只是沉默地看了我一会儿，然后拂袖走了。

他走了之后，宫人还是不敢起来，看来他们不想帮我收拾地上的狼藉，那我只好自己来。

在我蹲下捡起第一个碎片的时候，小盛子跪着爬过来说让他来，声音里都有哭腔了。

我寻思着，他来就他来吧，还哭什么呢。

然后，我就带着芝蓉回到太后那里，张嬷嬷说今日会给我做玫瑰烙吃的，正好我也没吃饱。

在等玫瑰烙的时候，太后过来了，她说外面好看，让我去看看。

我就去了，外面的确好看，白茫茫的，就是有点冷。但是太后不让我进屋，就要我待在外面看。

长姐说了，不能忤逆太后。

她说只要我乖乖的，就给我带肉包子吃的。

我在外面看雪看了好久，我一直觉得皇宫很漂亮，下了雪更好看了，就是有点冷。

早知道要在外面这么久，我就多穿点衣服了。我依稀记得以前在家里的时候，每回下雪我都会和阿清打雪仗，那时候一点也不怕冷。

我回头看芝蓉，她身上落满了雪，就像一个雪人一样，我“咯咯”地笑着，她冻得都哭了。

然后，我就被一个东西蒙住了头。我平时也没有得罪过谁啊，难道是有人要把我蒙着头打一顿？

肯定是章景行，亏他还是个皇帝，这么小肚鸡肠！

“别动。”

听见章景行的声音，我立马不动了。我觉得要被打也要有尊严地被打，不能求饶，不能示弱。于是我挺直后背，紧紧闭上了眼睛。

咦？

怎么软软的？

我偷偷睁开一只眼，看见章景行撑着伞站在我面前，脸上有些微红。我仰头看着他，想提醒他伞拿歪了，不过我才没那么傻，他的伞歪到我这里，正好给我挡雪了。

我悄悄往他那里挪，低头看了看自己身上披着的黑色狐裘，心里万分嫌弃他的审美。

想着以后尚衣局给我做衣服的时候，我让她们顺便也给章景行做几件，别天天黑色黑色的穿，像只乌鸦一样。

想着想着，我就没有意识了。在这之前我还在奇怪，刚刚嘴上感觉到的软软的东西是什么。

我醒的时候屋里没有人，但是我想喝水，只能自己下床拿。

我应该是生病了，头晕晕的，很难受。我想去告诉太后我生病了，刚走到太后寝宫的门口，就听见里面有说话的声音。

那是我长姐的声音！

长姐又来看我了！

长姐说过，别人说话的时候不能打扰，于是我乖乖地站在门口，等她们说完话我再进去。

长姐说，赵小将军歼灭敌军十余万人，取下西蛮可汗的首级，自己也殉职了。

太后说封他正一品忠勇侯。

她们说话说了好久，我在门外都站累了。我决定先回去，长姐进宫一定会找我的。

我从天亮等到天黑，也没有看见长姐。

到了天黑太后来了，问我怎么不吃饭。可我实在是太想吃家门口的肉包子了，我已经七年没有吃到肉包子了。

我哭着说我腿疼，太后轻轻地把我抱在怀里，也没有说话。

宫里树叶变黄的时候，章景行遇刺了。

我让他别去狩猎，他非不听我的，还要带着我去！

我俩骑马到树林深处，我让他给我抓一只兔子，我俩就在找兔子。

然后找到了一群黑衣人，我发现大家都喜欢穿黑色，一大群乌鸦！

他们拿着刀，我说这是皇帝呀。

他们说杀的就是皇帝。

……

既然和我没关系，那我就先走吧。

我发誓我真的是准备跑路的，但是地上有树枝我就被绊倒了。

正好倒在章景行身上。

这还不要紧。

但是为什么那个黑乌鸦正好拿着刀砍过来啊！

我寻思着，既然我已经被砍了，那就多砍几刀吧，让章景行赶紧逃出去，叫太后来救我们。

但是章景行好像不是这样想的，他就要和那些人打。

果然，当皇帝的人脑回路和我这样的正常人都不一样。

于是我就被抓住了。

别问我为什么被抓住了，反正就是抓了我。

其中一个黑衣人让章景行放下刀，不然就杀了我。

我想说，大哥，你拿我威胁章景行没用，那些话本子上的剧情实在是烂透了，都是假的。

但是我说不出口，因为我失血过多，可能要死了。

我还没吃到肉包子就要死了。

我恨章景行，都说了不要来狩猎啊！

我看见章景行好像有放下刀的意思，那我能答应吗？

没了刀，拿什么和人家打？

"章景行，你是不是脑子有病！"我吼完这句话就后悔了。说到底他也是个皇帝，我当着这么多人的面骂他，太后又要让我出去看风景了。

唉，就我多嘴！

本来我就晕晕的，抓着我的黑衣人还在我耳边聒噪，我脾气一上来让他闭嘴，但他不听，还说要拿章景行的命换我的命。

我从来都不知道我的命这么值钱。

虽然我不想死吧，但是启国需要一个皇帝，太后年纪大了，不能像培养章景行一样再培养一个皇帝了。

而且长姐说过，我们赵家世代忠良，每个子孙都应该守启国江山永固、国泰民安，皇帝要是没了哪来的安？

我心一横，那就我死吧！

于是，我攒够力气向面前的刀撞去。

黑衣人似乎也没想到我会这样，吓得缩了一下手。但刀还是刺入了我的体内。

呲。

真疼啊！

恍惚间我听见章景行叫我，他叫得太大声，都破音了。

我又不是聋子……

我觉得十三岁这一年，实在是悲催的一年，年初在雪里晕倒，腿不大好使了，养了半年，又被刀捅了。

我醒来的时候是遇刺十天以后。我醒得真不是时候，害得章景行早朝都没结束就跑过来看我。

我赶紧让芝蓉把太后叫过来。我怕章景行因为我当着那么多人的面骂他，要杀我灭口。

不过他没有，他抓起了我的手，很激动的样子。

原来他是想把我捏死。

呜呜呜。

他让我以后不能再这样了。

我点点头，想抽开手，但是抽不开。

他抓得我好疼呀。

唉，心好累。

他一直在说以后不能这样了，第一次看他掉眼泪，把我吓坏了。

不就是在人前骂了他一句吗，那不是形势所逼不得不骂，当个皇帝心灵咋还这么脆弱呢？

“赵宛儿，你以后不许再做这样的事。”

“是是是。”

太后的到来解救了我。

我活动了一下手指，还好，没断。

太后看见我也红了眼眶，问我还疼不疼，哪里不舒服，想吃什么。

蝴蝶虾卷、姜汁鱼片、五香仔鸽、八宝野鸭、佛手金卷、挂炉走油鸡、鱼翅螃蟹羹、山珍刺龙芽……

当然，我虽然想吃这些，但是我实在吃不进去什么东西。

我说，我想见见长姐。

太后说再过几天，再过几天就能见到长姐了。

我才不信咧，世界上最长的时间，就是人们口中的再过几天。

于是我说，我想吃桂花酥。

我肯定是没被刀捅死的，但是我在床上躺了三个月，身上的伤才刚刚好了一些。

章景行每天下朝都会来看我，其实我想说，我能自己吃饭。

但是一想到我骂过他，就不敢说话了。

他是在用这样的方式惩罚我，明知道我吃饱了也不敢说，还天天喂我。

我以肉眼可见的速度胖了一圈。

更糟心的是，芝蓉怕我无聊，想着法儿地逗我开心，给我讲笑话。但是她自己记性也不大好使，一个笑话能讲五六遍，见我不笑自己还在那儿怪伤心的。

苦了我只好每次都捧场地哈哈大笑。

这样的苦日子我过了三个月，终于迎来了启国又一年的新年。

新年到了意味着什么?

意味着尚衣局又要来给我做新衣服啦!

我欢欢喜喜地和尚衣局掌事宫女说我要什么款式的衣服，太后说了，今年我想要多少件都行。

说完了一部分，我有些累了，让她们明天再来。

吃过午饭后，长姐来了。

果然不出我所料，长姐看见我又哭了。

唉，她大概是觉得她妹妹本来只是脑子不好使，现在成了脑子不好使的胖子。

长姐说，阿娘病了，搬去了道观休养。我啃着鸡腿点点头，心里遗憾着以后吃不到红烧兔头了。

我想问她那天来宫里为什么不来看我，但我怕我一问长姐又要哭，就不敢再说话。

我和长姐说想出去看雪，长姐不让，说我的伤还没好。我点点头，不再有其他要求。

太后特许长姐在宫里留一夜陪我，我开心极了，觉得药都是甜的。

我笑眯眯地喝下药，看见章景行一脸复杂的表情看着我。我觉得他可能是觉得我喝药的动作不雅，不过没关系，我今天心情好，不和他一般见识。

我拉着长姐躺在床上，说着在宫里的事，从早上起床等章景行吃饭，到每天抄佛经学礼仪，再到晚上饿的时候叫芝蓉偷偷给我做夜宵，事无巨细，都说给她听。

长姐温柔地看着我，嘴角噙着笑。长姐长得可真好看啊，一笑起来嘴边就有两个小梨涡，我觉得不会再有人比长姐还好看了。

我俩说到半夜，终于撑不住睡了过去。第二天起床的时候，长姐已经走了，留下她亲手做的一桌子菜。

我吃饭的时候不小心烫到了舌头，拿水喝时又扯开了伤口，疼得忍不住哭了起来。

我哭了好久，医女为我上完药之后我还在哭，芝蓉把我抱在怀里安慰着我。

我问芝蓉怎么办？我疼得好难过。

芝蓉说快好了，让我再忍忍，就快好了。

我忍啊，忍啊。

一直忍到景辉十九年，我的伤好了。

这一年发生了很多事。首先是有一天我在太后宫里陪太后下棋，正在我纠结到底是要弃暗投明还是孤注一掷的时候，有人闯进了宫里。

准确地说，是有很多人闯了进来。

我吓得手里的黑子掉到了棋盘上，来不及看就赶紧把太后护在了身后。

然后我俩就被抓住了。

我俩被拖到外面，我觉得他们一点也不懂尊老爱幼，太后是个老人家，就不能轻一点吗？

我也这样说了，但是没人理我。

算了，没关系。

到外面，我看见一个穿着一袭白衣的人站在那里，我觉得他要是和章景行在一起，就是话本子里面说的黑白无常了。

那个人长得和章景行有几分相似，他问太后章景行在哪儿。

太后不理他，他又问我。

他妈都不知道，我能知道吗？

我觉得这个人的脑子还没有章景行好使，所以我不想和他说话。

我不理他，他还笑了，果然脑子不好使。

他问我多大了，这个我知道啊，我说十四岁。

他闻言低头笑了一声，和我说若现在的我遇到早些年的他，或许还能嫁给他。

我说什么来着，他果然脑子不好使。

我俩刚见面，我为什么要嫁给他？

他说赵家出来的女儿，果然好看。

我觉得他现在不仅脑子不好使，眼神也不好了。

从小到大就没人说过我好看，我们赵家只有长姐长得好看。

我问他，是因为我长得好看才想娶我吗？

他说是。

我突然觉得他也挺好的，因为章景行从来没说过我好看。

我还想让他夸夸我，还没来得及说，他就被一箭刺穿了身体，血喷到我身上，弄脏了我的新裙子。

我以为他是个很厉害的反派，怎么也没想到，他这么草率地就死了。

头领死了，剩下的喽啰们群龙无首，一会儿就被制伏了。

后来我才知道，这么多年太后和章景行一直在跟他斗，朝堂有太多的声音要拥立他为王。

不过现在他死了，那些支持他的人也都死了，没人敢说章景行坐不了皇位。

后来我问长姐那个人叫什么，我总要知道一下，第一个夸我好看的人叫什么名字，长姐说他叫章景清。

章景清，章景清。

总感觉在哪里听到过，但是想不起来了。

长姐说想不起来的就是不重要的，不必再想了。

我深信不疑。

又过了一个月，父亲回来了，长姐陪着他进宫来看我。

我不认识父亲，自我记事起身边就没有父亲这一号人，但是他看见我的时候哭了。

他长得也好看，看来我们家基因真的好。

他把我轻轻拥入怀里，他的肩膀很伟岸，可以把我整个包裹住，脸上的胡楂儿刺得我有点疼。

他说："宛儿都长这么大了。"

原来这就是父亲的拥抱啊。应该是气氛太沉闷，我也哭了。

我突然想起小的时候羡慕别人有爹，可以抱着举高高，但是我没有。我就在家哭闹，哥哥笑着把我抱起来，说"我们家小幺也有爹的，爹爹不在的这些日子哥哥先抱着"。

哥哥抱着我转了好几圈，现在换爹爹抱我了。

我有点懊恼自己怎么现在才想起来，如果再早几年，那个宗亲宴上，我定会扑到哥哥怀里，说我记得他。

爹爹陪我坐了一会儿就走了，因为后宫里男子不能久留。

过了几天，章景行选秀了，这是他登基十九年来的第一次选秀，因此格外隆重。

太后让我一起去帮他选，我笑眯眯地答应了。

我要给章景行选那种长得很丑的，脾气也不好的，选好多这样的，折腾死他。

当然，我只是自己偷偷在心里这样想着，不敢说出来。

我换上我的新裙子，跟着太后就去了，章景行看见我的时候好像冷了脸。

我觉得自己心里的小九九可能被他看出来了。

我错了。

因为根本没有长得丑的，也没有脾气不好的。大家都很好看，声音也好听，看起来温婉得很。

我失望地摇摇头，章景行看见我的样子倒是有点开心，他问我怎么了。

我说好像没有适合你的，他问我什么样的女子适合他。

貌若无盐，奇丑无比，膀大腰粗，脏话连篇。

当然，这些话我肯定不会说出来。我想了好久好久，憋出来一句“看着顺眼的”。

章景行大手一挥，这一组女子一个也没留。

最后还是太后选了四个，我选了两个。

皇帝的第一次选秀，以六人的凄惨战绩结束。

又过了几日，我依然在太后宫里下棋，太后问我想不想继续留在宫里。

我拿着黑子看了棋盘好久，说，我不想。

她问我原因。

我已经八年没有回家了，也不知道家门口的肉包子还在不在，阿娘的病好没好，阿清是不是还在等我回去陪她打雪仗。

我说，因为我不想穿新衣服了。

刚说完，就听见宫女惶恐的问安声，转头看见一抹明黄消失在门口。

大概是八月，正是桂花酥火爆的时候，长姐来了。

这次不一样，长姐终于不哭了。她笑着冲我伸出手，温柔地对我说：“小宛儿，姐姐来接你回家。”

我呆呆地立在那里，手里的玉镯子应声而落。

我和长姐手牵手走到宫门口，父亲在等我们。我新奇地看着他身边的骏马，父亲说他叫雷暴，是跟着他出生入死的老朋友。

他还向雷暴介绍说，我是他最小的女儿。

我们刚想走，皇帝的仪仗就来了，章景行问我：“当真要离开吗？”

我难道不是要回自己家吗？

我和他说，以后要做一个好皇帝，不要动不动就摔东西了，不然还要连累其他人受罪。

他问我：“还会回来吗？”

我想了想说，看看吧。

他好像一副很难过的样子。

我知道了，因为他觉得我出宫之后会把他十二岁那年睡觉尿床，十三岁扎马步的时候放屁，十四岁晚上偷看话本子的事情往外说。

我坐上父亲的雷暴，冲他摆摆手。见他一直盯着我，我和他说：“我不会把你的糗事往外说的。”

他还是看着我。

他大概是不相信我。

我难道就是那么没有信用的人吗？

回到家的第一件事就是去买肉包子吃，我领着芝蓉沿着小时候那条路走，找了好几圈也没有看见有卖包子的，芝蓉说大概是今天有事没来。

我赞同地点点头，心里已经不打算以后再找了。

我俩拐了个弯又去城南的点心铺买桂花酥，路过一家茶楼，要了个雅间，坐着听曲儿。

我和芝蓉说着桂花酥没有宫里的好吃，芝蓉不知道在想什么没搭理我。

楼下是说书的，我趴在栏杆上听着，他说当今圣上自襁褓登基到现在已经十九载，四年之前太后都在垂帘听政，与一众先帝重臣抗衡。重臣推举章景清为帝，更有甚者自西蛮造反，还好有赵家军奋死抵抗。

可以说圣上的江山，是赵家倾全家之力保住的，赵家因此损失了唯一的嫡子。

还说赵家嫡女赵若婳倾国倾城，家中男子不在，她一个女儿家独自支撑赵家十余载，堪称巾帼英雄。

再说赵家幼女赵宛儿，从小被养入深宫八年不曾出宫，见过的家人只有长姐一人。

我听着觉得他说得不对，我明明是见过大哥的。

这说书先生忒不专业，我也不屑于听，拉着芝蓉就走，桂花酥也不想要了。

以前都是阿清来找我玩，她和我说过，若是要找她就到城南的郡王府。

我去的时候府门是关着的，门上还贴着两张纸，敲门也没有人应。我觉得阿清肯定是生我气了，因为我答应她的事八年都没做到。

我问路边的老奶奶这家人呢。

她说这家人早没了，还问我找谁。

我说找阿清，是个白白嫩嫩的小姑娘。

老奶奶摇摇头，说这家从没有姑娘。倒是曾经有个王爷，名讳也是“清”，是皇帝的兄长，只不过前几个月造反，被杀死了。

他家也被抄了。

我和芝蓉说这里肯定不是阿清的家，和我打雪仗的阿清明明是个女孩子。

芝蓉还是没有理我，我有点生气了。

我和她说再找找吧，她拦住我说要回家吃饭了。

我想，明天再找也可以。

第二天，父亲和长姐带着我去了道观找阿娘，阿娘的身子真的不好，看见我的时候哭了。

长姐看阿娘哭，她也哭了。

父亲看长姐和阿娘都哭了，自己也红了眼睛。

我寻思着不能就我一个人不哭，于是我也哭了。

大家抱在一起哭，一家人就是要整整齐齐的。

哭了一会儿之后，父亲大概是觉得悲伤的气氛到这里可以结束了，于是就给我们讲他在边关的事情，长姐也说了家里的事情。我怕我说在宫里的事情又会让她们哭，所以我干脆不说话。

阿娘病得厉害也不回家，也不知道是为什么。

长姐只好让何妈多照顾点，有什么事立马派小厮通知赵府。

后来的日子我就还是和在宫里一样，抄抄佛经、练练字、读读书。有的时候看见书上好玩的想说给章景行听，才恍然发现我已经不在宫里了。

又到新年了，这次的新年我终于能和家人一起过。

我们把阿娘从道观接回来，放了好多鞭炮，父亲说多放点，冲冲家里的晦气。

我穿上了长姐亲手做的裙子，和宫里的一样好看。

阿娘身子也好了一些，做了我期盼已久的红烧兔头。

我看父亲在喝酒，就偷偷喝了一小口，辣得我喝了很多水，惹得他们大笑。

吃得饱饱的，我们坐在院子里看别人家放烟花，我靠在长姐身上，她还挠我痒痒。

落雪了，家里的雪真好看啊，慢慢地落下来，一点也不冷。

我说，如果阿清在的话，就能和她打雪仗了。

长姐的笑容凝固在脸上，不过只有一瞬间，就继续笑着说她明天陪我打。

我重重地点头，约定输的那个人一天不许吃梅花饼。

父亲母亲依偎在一起笑看着我们，这才是真正的新年吧。

阿娘到底没熬过这一年的冬天结束，没有办法，她的身子太弱了。

长姐哭得虚脱，趴在阿娘床边，我立在长姐后面看着她，她好像连睁眼的力气也没有了。

我问阿娘："我们以后见不到了吗？"

阿娘没有回我，只是眼角落了一滴泪，用她瘦弱的手摸了摸我的手，就不再呼吸了。

长姐哭得太难过，我从来没见过长姐这个样子，父亲也好像一夜之间老了十岁。

其实生老病死这个事情很正常的，宫里天天有人死有人生病，她们也没有这么难过。

我还看见有宫女想要勾引章景行，被太后发现了，在慈宁宫门口被剥衣杖刑，其他宫女都在那儿看着，鲜血把她都染红了，其他人也没有难过。

我当时快死的时候，也没有那么难过。

我和长姐说，没关系的，你还有我和爹爹。

我大概是又说错话了，因为我一说完，长姐就哭晕过去了。

唉，我真多话。

阿娘的葬礼办得安安静静。

阿娘下葬的那一天，父亲喝了一整夜的酒。长姐自晕倒之后再醒来，就没有掉过一滴泪。

一切就好像和从前一样，过了一日又一日，我及笄了。

家里的桃花也开了，长姐特意给我换上粉色的裙子，她说我就像桃花仙子一样。

我看了看镜子里的自己，的确挺好看的。

长姐说及笄之后就是大姑娘了，还问我喜欢什么样的男子。

我想了一会儿说，待我好就行。

这一天章景行也来了，我们都没想到他会来，吓得宾客跪了一地。

我已经好久没看见他了，他又变得好看了一些。

我提着裙子跑过去，笑着和他说，你来看我啦。

他还是那样高高在上，但是这次理我了，他说因为我不去看他，所以他来看我了。

我拉着他往主座走，走到一半突然松开手，朝着他跪了下去。

他吓一跳，问我干吗。

我说行礼。

长姐说过了，以后见到章景行一定要行礼，念了我好几遍，我的耳朵都要长茧子了。

再然后，他在我家一直留到了半夜，和父亲在小屋子里谈话。我想去偷听，但是被长姐拉走了。

他走之后，父亲问我想不想再进宫，太后生病了。

我毫不犹豫地点头，然后又看见长姐红了的眼眶。

在我及笄之后的第十日，皇帝大婚了。

应该说，我和皇帝一起大婚了。

长姐给我穿凤袍的时候，我和她说，这是我穿过最好看的衣服了。

长姐微微一笑，在我眉心画了一朵桃花，说我是她见过最好看的人了。

我才不信呢，长姐自己才是最好看的人。我问长姐，她打算什么时候嫁人。

长姐思考了一下说，阿娘走了，我进宫了，若是她再嫁人，父亲自己一个人守着偌大的赵府，会孤单的。

我点点头，说若是她想嫁人了就和我说，换我回来陪爹爹。

长姐笑着说我傻。

我和章景行一起走上千层台阶，这一路有些漫长，有点无聊，我问他："我傻吗？"

他似乎心情很好，连嘴角都带着笑，天知道让他笑有多不容易。

他说："宛儿不傻。"

他叫我宛儿能让我起一身的鸡皮疙瘩，我觉得还是不要给自己找虐，就识相地闭嘴了。

第二天，他去上朝的时候走得静悄悄的。我睡到日上三竿才起来，起来之后想去看太后，但是芝蓉说还不行，宫妃们要拜见我。

我又不认识她们，她们拜见我干吗？

但是长姐说了，进了宫要多听芝蓉的话，芝蓉的话就是长姐的话。

宫妃还是她们六个人，不过比我上次出宫的时候高了一级，齐齐地和我说拜见皇后娘娘。她们长得真好看啊，六个好看的人坐在面前，什么不开心都没有了。

我说以后有什么事来找我就行，不过今天我要去太后那里，又打点她们一些礼物，就让她们先回了。

她们前脚刚走，我后脚就去了慈宁宫。张嬷嬷看见我的时候，激动得差点忘记行礼。我赶紧扶住她，她是看着我长大的，怎么能让她给我行礼呢。

太后的确生病了，躺在床上脸都瘦了一圈，看见我的时候向我伸出手，我握住她的手，笑着和她说我回来了。

我同她说了一下午的话，章景行处理完政务，也来慈宁宫吃饭。

张嬷嬷说我来了，太后心情好多了，吃了半碗饭。我也开心，听章景行讲历史故事都不觉得无聊。

然后，我又过回了之前的生活，每天抄抄佛经、读读书、练练字，只不过是从慈宁宫换到了凤栖宫。

每天也会陪太后说说话，拿不懂的宫务问她。

只是我太笨了，怎么教都教不会。

太后每次都无奈地笑笑，也不恼。

我和她说："您一定要长命百岁，如果您不在了，宛儿自己一个人怎么办呢？"

太后笑着答应我，还和我拉钩钩。

景辉二十年秋，平清宫的陈嫔有孕，章景行晋了她充仪。

我按照长姐说的，召陈充仪来凤栖宫，嘱咐她注意饮食，好生安胎。

她乖巧地点头，眉目温柔。

这是章景行登基以来的第一个孩子，我和长姐说我一定要重视，万不可出事。长姐淡淡地笑着，告诉我要注意自己的身体。

那孩子能不能生下来，都是陈家的命。

我不是很懂她这句话，但是长姐也不作解释了。

太后问我想不想要一个孩子，我摇摇头，说自己都没长大，怎么养孩子呢。

太后笑了笑没说话。

启国又迎来了一次新年，我觉得当皇后太累了，妃子怀孕要我管，每月的月例要我管，宫人调配要请示我，新年的阖家宴，我也要全权负责。

我不想当皇后了。

我把这话说给太后听，太后派了张嬷嬷来帮我。她安排着，我学着，倒是轻松不少。

章景行一直在给我夹菜，不过还好他没有给我讲历史故事，我还能吃得下饭。

我真的很好奇，他哪里来的那么多历史故事，能讲了九年也不重样。

每个宫妃都说了贺词，我想了半天举起酒杯对章景行小声说："祝皇上长命百岁天天开心。"

章景行失笑，回敬我一杯说："祝皇后万事胜意。"

我和他拉钩钩。

一百年不许变。

因为喝得太多，第二天我又睡到了日上三竿，起来第一件事就是去看太后。

我到的时候，章景行已经在慈宁宫，我蹦蹦跳跳地过去，问太后"昨晚睡得好不好啊"。

因着新年的喜气，太后身体也好了许多，在我的百般坚持之下，太后终于同意再让太医看看。

太医说太后只是忧思过度，好生养着就好，没有大碍的。

我确认了好几遍，又逼着太医发誓，才让他离开。

做完这些，就看见太后笑着看着我。我也冲她笑，趴在她腿上玩着衣服上的裙带，有一搭没一搭地和太后说话。

眼角瞥见一旁的果子，顺手指了指道："章景行，剥给我。"

章景行一挑眉，竟真的动手剥好递给我。我捧着递到太后嘴边，太后笑着吃下。

"借花献佛！"

哪里来的小猪在说话？

我冲他翻了个白眼，让他继续剥。

过了几日，我刚想去看太后，陈充仪来了。

我看着她有点鼓起来的肚子很新奇，忍不住伸手摸了摸，这里面竟然会有个小孩子！

玩了一会儿，陈充仪终于和我说了她这次来的目的。

说直白一点，就是章景行这个渣男，人家怀了他的孩子，他还不去看看人家。

我点头示意自己明白，陈充仪开开心心地走了，我也开开心心地去看太后。

晚上的时候，章景行来我宫里，我和他说去平清宫看看陈充仪吧。

章景行看了我良久，说了声"行"。

然后就走了。

这个男人真是奇怪，怎么还生气了呢？

不过他走了真好，夜里就没有人和我抢被子了。

又过了几日，西鲁使臣进宫贺新年，我早早就被芝蓉拖起来梳妆。

西鲁是当年帮赵家军击败西蛮敌军的国家，是启国的友好邦国。

西鲁的小公主似乎对我很好奇，我总能看见她时不时看向我的目光。

会客宴进行到一半时，我和章景行说我带着小公主去逛逛吧。

我俩在宫里随意走着，她问我这些宫殿长得都一样，我是怎么分得清的。

我愣了一下，和她说待得久了就分得清了。

我带她到我的宫里玩了一会儿，她给了我一个哨，说是给我的礼物。

芝蓉带着小公主离开，我看着这个哨良久，章景行回来问我是什么。

我拿给他看，他把玩着，我隐约看见上面有一个“宛”字，苍劲有力。

还有三个月就要生产的时候，陈充仪的孩子没能保住。

听说是安贵人冲撞了陈充仪，陈充仪身边的宫女气不过，推搡间误伤了陈充仪。

我赶到时陈充仪还在救治，安贵人和宫人跪在地上。见我来了，安贵人梨花带雨地和我说“妾身冤枉”。

我问她怎么冤枉了，她只说是陈充仪无理在先，其他的什么都说不出来。

章景行看起来挺生气的，下令杖毙安贵人身边的宫女，把安贵人贬为庶人，打入冷宫。

为了安抚陈充仪，晋了她贵仪的位分。

我就奇怪，人家怀孕的时候没见他这么关心过，落了胎倒是如此动怒。

啧啧啧，男人啊。

我在平清宫守了半夜，陈贵仪终于醒了。

她醒来的第一时间就看自己的肚子，然后崩溃地哭了。

我不知道怎么安慰她，也不敢说话。记得上次我安慰长姐的时候，长姐哭晕了过去。

我还是不说话了，多说多错。

她哭了一个时辰才想起我，向我道歉，说她伤心过度了，望皇后娘娘莫怪。

我寻思着如果自己没了孩子该多难过啊，我为啥要怪她呢？！

我和她说没事，要好好养好身子，自己的身体才是本钱，又哄着她再睡会儿。

这么一番折腾，离开平清宫时天都快亮了。

我看了看远处泛着鱼肚白的天空问芝蓉，安贵人平时虽说有点小脾气，但不是个真的会惹事的，为什么会冲撞她。

芝蓉没有说话，我想了一会儿好像想明白了，又好像没明白。

算了，回去睡觉。

宫里的人本来就少，现在又少了一个，我去问太后要不要再选一次秀。太后放下手上的毛笔，对我说三年一次选秀。

我又想了一晚上，跑去问太后，让臣子们送女儿进宫怎么样。

太后沉默了一会儿，问我为何要这样做。

那当然是多给章景行找点女人，不然你害我我害你的，宫里都快没人了。

我说，为了我们大启，开枝散叶。

太后问我，心里有没有陛下。

那当然有啊，不然我闲着没事到处给他找女人吗？

我说，有。

太后温柔地摸了摸我的头发，叹口气说了句还是没长大。

“我都十六岁了，为什么总说我还是小孩子呢？”我趴在桌子上，一脸的不高兴。

长姐把剥好的葡萄放到我的嘴里，问我知不知道陈贵仪的孩子为何生不下来。

我沉默了一会儿摇摇头。

经过半年的筛选，我选了十二个女子进宫，拿着画像去询问太后的意见。太后没有看，说我自己决定就好。

章景行因为我给他找女人已经好几天不理我了，我觉得他应该是不好意思，他这个人脸皮薄，不过没关系，我来！

不然，我坐在这皇后之位也不做点事，显得太没有责任感了。

我把这十二个姑娘领进宫，独自安排好位分和住所，跑去问张嬷嬷，得到夸奖后开心了好久。

夜里无聊，我拿着西鲁小公主给我的哨玩。玩了一会儿之后，有宫女来为我换茶，然后跪在了我的面前。

我抹了抹脸，笑着让她起来，和她说沙子眯了眼睛，让她不要和任何人说，因为太丢人了。

听芝蓉说今天晚上章景行去了何答应那里，我点点头。

第二天早上，芝蓉说何答应晋位何美人，我点点头。

又过了几天，芝蓉说宋小媛晋位宋嫔。

又过了几天，芝蓉说李常在晋位李贵人。

沈婉仪晋位沈婉容。

于宝林晋位于常在。

我躺在太后寝宫的美人榻上，和太后说："看来，章景行对我给他选的妃子挺满意的。"

太后问我章景行多久没去凤栖宫了，我说前日还去了。

大启国规定，每月十五、三十，皇帝须到皇后寝宫。

入秋的时候，我一个没注意就发烧了。

自景辉十七年我被太后罚跪在雪天之后，身子就一直不大好，每逢阴雨天就会腿疼，天稍微冷些，就得赶紧把自己裹得严严实实的。

但是这天我在御花园玩得久了，当时不觉得冷，回宫吃完饭后立马就发烧了。

难受得我把刚吃的饭又都吐了出来。

我让芝蓉和宫里人说不要告诉太后，她老人家身子不好，不要过了病气给她。

芝蓉问我是否要告知陛下，我寻思着这么点小事就别告诉他了，于是摇了摇头。

但是没过一个时辰，章景行就来了。

他生气了。

虽然他没什么表情，但我和他相处了这么多年，他屁股往哪儿翘，我就能知道他放的什么屁。

他问我为何不告诉他，我头有点晕晕的，和他说因为没必要。

这一场病引出了我之前的刀伤，太医说了一大堆我听不懂的专业名词，我觉得这个太医简直是庸医。

每次让他看病，他都说一堆我不懂的话，把事情说得很严重，但是实际上肯定不会这样。

太医不都这样吗？我才不信他呢。

按照他的说法，我以后要每天喝药，喝到我死，夏天不能用很多冰块除暑，冬天要把自己裹成一个粽子，吃的东西也要忌口，不能太辣太腥太咸太甜。

我万分确定他就是个庸医。

难道我要每天吃清水煮白菜吗？

……

我觉得章景行真的是在整我，他晚上真的端了一碗清水煮白菜给我吃。

哦，还有点豆腐。

我……我去他的白菜。

于是我把碗摔了。

他也不恼，又端了一碗给我，还和我说小厨房做了一大锅，够我摔的。

我："……"

于是我每天吃着清水煮白菜，看着章景行在我面前大鱼大肉地吃。看他大快朵颐的样子，我偷偷问全公公，弑君是个什么罪名。

吓得他又跪在了我面前。

好了好了，起来吧，我不说了。

更过分的是，我终于好不容易偷偷吃了块肉，章景行竟然把它从我嘴里抠了出来。

抠了出来……

抠了出来！

我气得不想和他说话，他倒是看起来很开心。也对，我要是看他这样，我也开心。

他和我说，以后我吃啥，他吃啥。

我才不信呢，果然，过了几天芝蓉和我说，她看见章景行在小厨房偷偷吃肉。

喝了半个月的清汤，那个庸医终于允许我每顿饭稍微吃点别的东西了。

我堂堂大启皇后，竟然被一个庸医逼到这个份儿上。

我委屈地趴在长姐怀里求安慰，长姐温柔地用手指点了点我的额头，要我乖乖听话。

等我的感冒发烧完全好了，我第一时间去了太后寝宫，太后心疼地拉着我说我瘦了一圈。

我觉得不管是谁，半个月没吃到一口有油水的东西都会瘦一圈。

我在太后寝宫待了一会儿之后，有人来报沈婉容有孕了。我过去看了看，赏赐了一些东西，没过几天又有人来报宋嫔有孕了。

合着大家一起怀孕呗。

我去了玲珑阁看望陈贵仪，哦对，我怕陈贵仪待在平清宫会睹物思人，就把装修得漂漂亮亮的玲珑阁给了她，偶尔也陪她聊聊天。

她的性格真的好，原本以为是和长姐一样温柔的类型，相处久了才发现，原来是个性格跳脱的，和我合得来。

我去的时候她正在倒腾她的小菜园，和我说她要种些葡萄，等熟了送去凤栖宫给我吃。

我撸起袖子和她一起倒腾了一下午，才堪堪把花架弄好，累得我俩趴在桌子上互相对着笑。

我和她说照咱俩这速度，五天也弄不好，还是找个花匠来吧。

她赞同地点头。

我又和她说沈婉容和宋嫔有孕了，让她别难过，她也会有的。

她想了一会儿说，这两人的孩子，不出意外大概能顺利生下来。

我没反驳。

又待了一会儿，小盛子说章景行要来凤栖宫，我绝望地和陈贵仪说又要喝药了，她笑着让我赶紧回去。

我觉得当个皇帝也忒轻松了，天天还有时间看着我喝药。

那个庸医开的药真的不是一般地苦，我实在是不想喝。

这次我又摔了碗，我现在终于知道前几年章景行为啥总是摔碗了，因为爽啊！

我把碗摔了之后得意地看着章景行，觉得自己现在真的欠抽。

不过章景行是君子，他不会打我的。

他看了我一会儿，问我："真的不喝？"

我说打死我都不喝。

然后他把药喝了。

这是什么操作？

然后，他还还还还……亲亲亲亲我了。

我？？？

他竟然把药吐到了我嘴里！

我！！！

然后，他又问我："真的不喝吗？"

我颤抖着点点头："喝……喝喝，我喝。"

我拿起碗就往嘴里灌。

太可怕了。

这个皇帝太可怕了。

"这才乖。"他摸摸我的头，眉眼里都带着笑。我觉得是这个药太苦了，苦得我脑子耳朵都不好使了，我竟然从他声音里听出了宠溺。

简直是要疯了。

最近的天气格外冷，我怕沈婉容和宋嫔孕中受寒，就让芝蓉去多送点炭火，偶尔也亲自去看看。

她们早上来请安时，我都没怎么睡醒，听着几个小姑娘拌嘴，倒也是一个醒神的好法子。

一天晚上喝完药，章景行问我想不想出宫去玩。我以为我听错了，问他是不是在骗我。

他反问我，他何时骗过我。我想了想也是，他好像从未骗过我。

于是我接下来的几天心情格外好。陈贵仪问我是不是遇到什么开心的事了，我笑眯眯地趴在她耳边悄悄说："你猜。"

陈贵仪淡淡地看了我一眼，我觉得她应该是在想冲撞皇后是什么罪名。

景辉二十一年末，启国新年。

这是我第二次主持新年宴，比第一次得心应手了一些，张嬷嬷慈爱地和我说皇后聪颖。

我觉得她在忽悠我。

晚宴的时候，我和章景行提议要不借着新年提一提大家的位分，章景行让我看着办就好。

又和我说今晚回去换个轻便的衣服，带我出宫。

我更开心了。

我下令把每个人的品级各晋一级，大家看起来都很高兴。

宴会散场之后我问陈贵仪，哦不对，陈修仪，今天晚上的酒酿团子好不好吃，她点头和我说，就知道是我专门给她要的。

我笑嘻嘻地和她说了一会儿悄悄话后，怕章景行等急了，就赶紧回宫。

我选了个桃粉的裙子，芝蓉怕我冷又给我披了个白色的狐裘，整个人像个小团子，出来看见章景行还是一身黑地站在那儿。

我觉得我俩站在一起，也像黑白无常。

以往在宫里都是大大方方地走，这样偷偷摸摸的还是头一次。我竟然觉得有些紧张，轻轻扯了扯章景行的衣袖，他问我怎么了。

声音有点大，我赶紧捂住他的嘴，压着声音要他小点声。

他笑着点头。

别问我为什么即便捂着他的嘴，也知道他笑了。都说了他放啥屁我都知道。

他也低着声音问我为什么要小声。

我觉得他脑子不太好使。

我说："我们现在是偷偷出宫，如果被侍卫发现了怎么办？"

然后，他笑得更厉害了。

我觉得是我的脑子不大好使，他是皇帝，我是皇后，就没听说过帝后二人会在宫里被侍卫抓住的。

唉，我为什么从小傻到大呢。

我觉得有点尴尬。我要想个办法化解一下，让自己显得没那么傻。

一抬眼，就落入了一湾湖泽。

他的眼睛很漂亮，漂亮到我好像能从里面看见日月星辰、山川河流，可以看到长河落日，浅草没马蹄，可以看见一身雪白，踮脚捂住他的嘴的小小的我。

他问我在看什么。

我看见他眼睛里那个小小的我，说，你的眼睛里有个我。

他把我的手拿开，低头亲了亲我的嘴，和我说他的眼睛里一直就只有我。

我好像知道那年雪地里，一件黑色的狐裘盖到我头上时，嘴上软软的触感是什么了。

一直到出宫了，我的心跳得都有点快。

我应该又得病了，那个庸医竟然没给我检查出来，真是庸医！

出宫之后找了家客栈，章景行就带着我去大街上玩。

这是我第一次过新年的时候不在屋内，原来新年也可以这么热闹啊。

我走走停停，觉得这里的好多东西都很新奇，我问章景行能不能以后每年都带我来。

他笑着答应了我。

我们逛到半夜，又落雪了，前面有人表演吐火，鹅毛大的雪落在火上瞬间就没有了。

我惊奇地指着，想叫章景行也来看看，刚转身就看见他正立在我身后。

那一刻我听不见任何声音，也看不到别人，只看见雪花慢慢地落在章景行身上。他玄色的袍子上落满了雪花，他就站在那儿看着我，仿佛已经站了许多年。

我想起初入宫的那一年冬天，因为太想回家了，蹲在雪地里哭，哭累了起身离开。一转身就看见章景行立在我身后，冲我伸出手，说带我去吃桂花酥。

我觉得回宫之后，有必要再请那个庸医来看看了，我的心又开始跳得很快很快，好像要跳出来了。

一直到回客栈我都没说话，章景行问我是不是冷了，我摇摇头，又点点头。他向店小二要了盆热水，脱下我的鞋子，坐在面前为我洗脚。

他低头皱着眉说我脚这么冷，还要在外面待那么久。我想和他说水有点烫，想了想还是不说了。

他身上的雪已经化成水珠，我伸手摸了一下，一手的水。

好像有东西，在心里化开了。

突破十年的风雪冰霜，从冰封的土里钻了出来。

他说要抱着我睡觉，我想了想和他说不许抢被子，他郑重地点头，我就给他挪了个位置。

第二天天不亮，他就把我叫起来，说要带我去个地方，我迷迷糊糊地问他什么地方要这么早就去。

他也不告诉我，用热水给我洗了洗脸，收拾一番之后扶着我上了马车。

我靠在他身上醒神，快下车了，我也醒了。

是个……书馆？

原谅我见识短浅，这真的只是一个小茅屋，什么牌匾都没有。要不是进去之后看见了整整齐齐的书架，我都怀疑我又哪里惹到了章景行，他要把我杀人灭口。

等了一会儿，才有个老爷爷慢慢悠悠地走出来，看了我俩一眼就又进去了。

第二次出来多了个老奶奶，奶奶好像腿脚不好，被爷爷扶着慢慢走到一边的凳子上。

老奶奶和蔼地问我们生辰八字，章景行恭敬地回答。

老奶奶又问我们姓名，我觉得是个正常人听见章景行的名字都应该吓一跳。

不过，天下之大，还是我见识太浅薄了。

那个老奶奶只是顿了一下，就继续写写写。

写完之后，递给老爷爷，老爷爷又给了我们一人一张红色的纸。

我看着这个红色的纸问：“合婚庚帖？”

老爷爷瞅了我一眼，没好气地说道：“难不成还是和离书？”

我做错了什么，为什么要伤害我？

章景行摸了摸我的头说：“内子幼时脑子就不太好使……”

我不知若是我踩了他的脚，他会不会当场结果了我。

章景行执起笔，写了几个字后，看我还不动，推了推我：“傻娘子，快写啊。”

我我我我……我不傻。

其实，我虽然从小就在太后宫里读书写字，但是一个人不能有那么多厉害的地方，所以我只学会了把字写好看，没有学会一丁点和才华沾边的地方。

不然，我怎么会在章景行写的“永结同好，护卿长宁”下面，写了“君子一言，驷马难追”。

章景行看了我写的笑了一下。

我觉得他肯定是在鄙视我。

但是这也不能怪我，他如果提前说要来写合婚庚帖，那我肯定拉着陈贵仪想很高大上的八个字出来。

“写下这合婚庚帖，是要相守一生，除死不弃，二位可想好了？”老爷爷似乎是看我俩不顺眼，说话总是不耐烦。

“欸，老头你怎么说话呢。”老奶奶拿拐杖敲了敲老爷爷，笑眯眯地和我说：“小丫头啊，你可要想好了，写了庚帖，跟了这个人，日后贫贱富贵，都不能相弃。”

我寻思着，章景行总不能废后，我在宫里也见不到别的男人，一般没啥事，就点点头，说自己想好了。

“那老身祝帝后和和美美，共享永年。”

我惊呆了。

原来他俩知道我们是……

那这个老爷爷还敢如此无理？

离开之后，章景行和我说，那两个老人家一个是皇祖父的老师，一个是皇祖母的贴身宫女，出宫之后就开了个合婚所，只清晨营业。

章景行又拉着我去了金玉轩，专门打造了两个小盒子把合婚庚帖放在里面，还剪下我的一缕头发，与他的系在一起，用红绳系好，一起放了进去。

一人一个。

他做了二十一年的皇帝，现在竟然在做这些事。我歪头看着他，好像有点不认识了。

我俩在大年初一的午后回了宫，刚回宫就被张嬷嬷叫到了太后宫里。

我第一个反应是，完了，我好像又要出去看风景了。

出乎意料的是，太后只是问我去了哪里，我如实告知之后，递上木盒。

太后看了合婚庚帖良久，没有责骂我，只是让我去看看宋嫔。

走到门口，我突然想起自己的盒子没有拿回来，又回去拿，听见太后和张嬷嬷说了一句：“是个痴傻的。”

呜呜呜，为什么又骂我。

拿回小盒子后，我让芝蓉先送回凤栖宫，我带着小盛子去宋嫔的德馨宫看看，半路遇到陈修仪，她说和我结伴一起去。

这一路，陈修仪同我说了我不在的时候发生的事情。宋嫔贪酒新年夜多喝了一些，半夜动了胎气，但是我与皇帝均不在宫中，太后也睡了，她觉得自己是宫里位分最高的，应该担起责任，于是赶紧请了太医去看看。

太医说还好来得早，若是再晚一刻钟，可能就出大事了。

简单来说事情都解决了，只要我过去安抚一下，看望看望就行。

我看见宋嫔的时候觉得有点不好意思，一直跟她道歉，她好像很吃惊，连说妾身受不起。

我又从小库房拨了人参给她养身体之后，就和陈修仪离开了。宋嫔身边的宫女送我们离开，我问她章景行来过吗，她摇了摇头。

后来，我和章景行说陈贵仪有功，要不晋妃位吧。他笑了一下，打趣我说："皇后这是徇私。"

我一脸无辜，宋嫔因她保住了皇嗣，理应受赏呀。

然后，陈依依就从陈修仪成了陈妃。陈依依来找我玩的时候，我正裹着狐裘堆雪人。

"陈妃娘娘来啦。"

"你啊，就是想这样让我多干活。"

我笑眯眯地点点头，原来我的小心思这么快就被发现了。

她问我新年那两天和章景行去干吗了，我说逛逛街买买吃的。

她很明显不信我，用雪把芝蓉精心给我画的眉心花给抹掉了。

难挨的冬天终于过去，春日快结束时，一场春雨把太后和章景行的关系降到了冰点。

不知是从哪里传来的风声，宫里开始议论章景行不是太后的亲生儿子，传的人多了，信的人也就多了。

朝堂上有个资历深的文官，上折子要立章景行的生母为太后。

"这个文官实在是太坏了，太后养了章景行二十多年，这么辛苦，还这样说她！”我愤怒地吃着桂花酥，和长姐骂那个素未谋面的文官。

“宋大人是两朝老官，在扳倒章景清一事上也做了很大贡献，一直是陛下的忠臣。此次他没有征兆地突然上奏，怕是曾经的事真的有什么隐情。”长姐蹙着眉拿走我面前的桂花酥，“后宫不得干政，此话你只能和我说说，断不可与他人说。”

我央着长姐给我讲讲先帝还在世的事情。

长姐说那时她还是个四五岁的小孩子，只依稀记得当时先帝还在的时候，特别宠爱一个云姓的贵妃。这位云贵妃是艺伎出身，一路从宝林升到贵妃，独宠一身，但在生产那日难产去世，先帝受不住打击，还没抱过孩子便也伤心过度离世。

皇后下令杀死云贵妃身边所有的宫女太监，拿着先帝写好的圣旨，抱着新生儿登上了皇位。

这一波操作太过雷厉风行，大家反应过来的时候，章景行的名字已经纳入了皇帝册典。

长姐给我讲到这里，陈妃来给我送她做的水晶小煎包。她最近迷上了厨艺，每每做了新产品总要第一个拿给我试试。

失败的总比成功的多……

要不是我和她没仇，我都怀疑她想毒死我。

这么和她说的时候，她拿自己的桃花眼瞟了我一眼，说我有被害妄想症。

我给她介绍说这是我长姐，又给长姐介绍她是我经常提起的陈妃，陈依依。

长姐看见陈依依的时候，碰洒了茶杯的水，我觉得应该是我倒得太满了。

长姐去屋里换衣服，去了好久也没回来。我想让芝蓉去看看，陈妃说她去吧，让我和芝蓉尝尝她做的水晶小煎包。

陈依依进去不久，她俩就出来了，长姐让我们玩，她先回去。

这是长姐来找我时间最短的一次了。

章景行已经一个月没去太后宫里，我还是照常来找太后说话，从来不提他的名字。

前朝还在参言立云贵妃为太后，后宫中的宋嫔因着有孕被晋位宋姬。

我觉得沈婉容也有孕，公平起见也要晋一晋位分，便和章景行说给她晋位贵仪，他不答应，于是我下令晋了顺仪。

太后叹了口气，和我说我不该这样做。

我说做皇帝就应该一碗水端平，都是有孕，只晋一人的位分，岂不有失公允?

太后笑了，说这不像我能说出来的话。

因着倒春寒，太后的身子越发不好了。我去找太医，太医只说静养静养，气得我摔了桌上所有的茶杯。

张嬷嬷拦下我，让我莫要动怒。

我去乾明宫找章景行，全公公不让我进去，然后便遇到了宋妃从乾明宫出来。

对，她现在已经是宋妃了。

她和我说陛下在处理政务，暂时无法见我，让我先回去。

我给了她一巴掌，让她跪下，她拒绝了我，于是我又给她了一巴掌。

我气呼呼地回到慈宁宫，和太后说宋嫣芷对我无理。太后摸了摸我的头，眼里尽是慈爱。

然后，我就被禁足在凤栖宫半个月。

果然，男人的嘴骗人的鬼。

我大概是大启历史上第一个因为扇了妃子而被禁足的皇后了吧。

芝蓉捏起一个桂花酥自顾自地吃，顺道回了我一句，不是。

我：“……”

好吧，是我孤陋寡闻了。

总之就是很生气，导致全公公在我禁足期间来找过我好几次，我都不见他，芝蓉说该是有什么事情。

我就让他进来了，他进来的第一件事就是跪下。哼，他这么爱跪就跪吧，我也懒得理他。

见我不理他，他还爬到我脚边，和我说别生陛下的气，陛下也是有苦衷的。

我笑着让芝蓉把他赶出去。

半个月期限一到，我立马飞奔到了慈宁宫，看见太后还好好地待在那里，长舒了一口气。

太后笑着为我拭去脸上的泪水和我说，她答应过我要长命百岁的，我们小宛儿还没学好怎么当皇后，她不会让自己有事的。

我拼命点头，让她一定不能食言。

宋妃越来越得宠了，性子也更加嚣张，早上的时候看谁都不顺眼，特别是陈依依。

我觉得，她应该是看不惯陈依依和她同在一个位分。

好在我平时对她们也是宽容体贴，倒是没有几个倒向她的。

长姐提醒我好生护着沈顺仪，她俩同时有孕，宋妃定会视她为眼中钉。

于是，我每天慈宁宫、华乐宫两头跑。

每每我赏赐沈顺仪的东西，宋妃都要，连吃的也要。

我不想与她计较，就让全公公送到德馨宫。

陈依依问我为何不让芝蓉去，我拿了柳条扔到她头上骂她傻，若是她在里面做了手脚冤枉了我怎么办。

陈依依笑着骂我鸡贼。

我也觉得我越来越聪明了。

我和长姐说的时候，长姐摸了摸我的头，说我长大了。

沈顺仪生产那日，宋妃把太医产婆都叫走了，说是自己动了胎气。沈顺仪没有产婆，我急得去找章景行，可全公公说他出宫了。

我想去德馨宫抢人，禁军不让我进去。

好啊，章景行连禁军都派给她了！

宋妃身边的宫女双儿还和我说产房污秽，让我最好别进去。

我扇了她一巴掌罚她二十大板，问她我精心照看了十个月的人现在命悬一线，怎么就不能去看了？

进了产房，看见躺在床上痛苦挣扎的沈顺仪，我握住她的手让她一定要坚持。

告诉她，已经找人把那个庸医从家里拖进宫了。

她说："皇后娘娘我不甘心，我天天避着、忍着宋嫣芷，若是就这样死了我不甘心，不甘心啊，皇后娘娘。"

后来又说若是她死了，一定要替她照顾好孩子，不求富贵显达，只要一生顺遂即可。

她说得声嘶力竭，抓得我的手要疼死了，这样折腾到半夜，孩子出生了。

我不会抱孩子，怕伤着她，就让产婆抱着拿给她看，告诉她是个小公主，还和她说这是宫里的第一个孩子，是皇长女。

她虚弱地笑了笑，想摸摸孩子，手却停在半空中，然后无力地垂了下去。

我的那句“起个名字吧”，还没来得及说出口。

我轻轻叫了叫她，她不应我。

推了推她，她也没反应。

太医把了脉，试了颈搏，和我说沈顺仪去了。

我很生气，这个庸医！

我觉得要给宋妃一点颜色看看，告诉她这后宫还有我呢，我很厉害的！

还没走到德馨宫，我就被张嬷嬷拉走了。

张嬷嬷说太后找我，我到慈宁宫的时候发现全公公也在，进屋果然看见了章景行。

他不是出宫了吗？

章景行和我说，宋氏一族仗着自己是两朝元老，又平定了叛乱，近几年在朝堂越发嚣张，拉帮结伙，公然挑衅皇威，所以他不得不先宠着宋妃，暗中找出宋家的错处。

我记得宫中流言传出的时候，我和他说太后不是他生母是真，细心养育教导了他二十余年也是真，他要是因为这样的事就和太后反目，就是个傻猪了。

他笑着和我说他知道。

后来的事情发生后，我以为他当时说知道是在骗我，现在看来是真的知道。

他摸摸我的头和我道歉，说我还小，就没提前告诉我，这一切是他与太后导的一场戏。

我点点头，其实不怪他们，是我自己傻乎乎的，看不出来。

我问他，沈顺仪去世了，也是一场戏吗？

章景行放在我头上的手顿了一下，和我说将沈顺仪晋位昭仪，葬入皇陵吧。

我低头想了想，觉得连升两级，挺好的。

我问他能不能把小公主交给陈妃抚养，她是宫里除我之外，位分最高的人了。

他说行，还说这样的事情以后不会再发生了。

我没有回话，因为我不相信。

过了几日宋妃生产，她生产的当天章景行以宋家二子强抢民女致一家人家破人亡，三子于赌场大放厥词藐视皇威，宋严嵩私藏军火暗训死士的罪名将其抄了家。

我和芝蓉说，宋妃若是生完孩子知道自己家没了，那也太可怜了，怕她做傻事，我们去看看吧。

去的时候宋妃只是胎动，还未有生产的迹象。

见我来了，她只是抬眼看了一眼，嘴上说了句给皇后娘娘请安。

她一直都是这样的，我也不想和她计较。

我和她说，她的肚子看起来比沈昭仪的大一些，或许是个男孩。

她赶紧呸呸呸，说我在她面前说一个死人晦气。

我觉得沈昭仪这个人安安静静的，她们都说我傻，不想给我解释一些我不懂的事。但是沈昭仪不一样，她总是耐心地和我说每一朵花的花期，和我说她原本以为皇后是高高在上不好接触的人，没想到我会这样温和宽容，平易近人。

她还说我长得好看，她是继章景清和长姐之外，第三个说我好看的人。

我还挺喜欢她的。

我问宋妃为何不喜欢沈昭仪，她说沈家不过五品小吏，怎配得上她喜欢。

我觉得她撒谎了，因为陈依依的父亲是正一品的大学士，也没见她多喜欢。

我和她说，宋家也不过是罪臣，还没有五品小吏职位高呢。

她美目怒瞪，问我什么意思，让我继续说。

我觉得自己好像说错话了，就不再说了，嘱咐她好好生产，然后就离开了。

我走后没多久，德馨宫传来了哀号。我和芝蓉说可能是要生了，芝蓉问我要不要回去看看。

我摇头。我不喜欢她。

我在凤栖宫睡了一会儿，芝蓉来和我说胎儿太大，宋妃难产死了。我问她生了男孩还是女孩，芝蓉说是男孩，不过也死了。

我点点头，把章景行之前写好的圣旨拿出来让芝蓉去处理。圣旨的内容是：宋氏嚣张跋扈，害死沈昭仪，再加上家里的原因，赐白绫。

长姐进宫看我，问我怎么样，我摇摇头，说自己挺好的。

我说是不是要选秀了呀，宫里的人一下少了俩。

长姐让我再等等，还担忧地看着我。

我和她说这次的鸡腿不好吃了，是不是没有放盐。

我一如往常每天去找太后聊天，没事的时候看看小公主，或者自己练练字、读读书，做得最多的还是抄佛经。

芝蓉问我这么喜欢抄佛经，为何不去佛寺拜一拜。

我和她说佛寺要么在山顶，要么在半山腰，爬上去都累死了，我才不去呢。

而且我也不是喜欢抄，我只是习惯了。

一旦习惯了一件事，就很难再改变。

转眼到了秋日，章景行问我要不要去狩猎，我想了想上次狩猎的惨痛经历，摆摆手说算了。

章景行说也行，若是这次再有人行刺，我可不能再和他在一起，帮他挡刀了。

我说我陪你去吧，我在外面等你回来。

一同狩猎的原本应是皇家贵胄和文武大臣，但是到了章景行这里，皇室的人都死光了，唯一的哥哥前几年也死了，所以只剩下文武大臣一起来。

章景行说，这次猎到最多的，可以和他许一个愿望。

他们去了大半天，每个人回来都带了很多猎物，唯独章景行……

章景行带了两只兔子回来。

我……

我高兴极了！

我和他说正好可以吃红烧兔头了。

他照着我的额头弹了我一下，和我说好好养着不许吃了。

这对我来说简直是一个折磨，我每天对着这两只通体雪白的兔子，却不能吃。

“红烧兔头，爆炒兔肉，兔尾汤……”

我还没说完，章景行就把兔子抱在怀里，语气温和地安慰它们：“不怕，不吃你啊，宛儿姐姐会把你们养得好好的。”

我赞同地点头：“养肥了再吃。”

章景行瞅了我一眼，问我今天中午要不要吃鱼，我说要。

我让芝蓉不要生那么多炭火，怪热的，章景行摸了摸我的手，冷着脸让芝蓉再给我加一个手炉。

章景行借着我手凉的理由不让我自己夹菜，他来喂我。

我严肃地和他说，我只吃一点点，不许一直给我夹。

他问我为什么突然这样说，我想了想，懒得回答他。

本来吃得好好的，一吃到鱼，我感觉气味太重，冲得我直接吐了出来。

芝蓉赶紧给我递上水，我漱了口，还是干呕不止。

然后，章景行激动地找了太医过来。我一看，哟，还是那个庸医。

我都想好了，他如果这次还让我吃清水煮白菜，我就把他扔到池塘里喂鱼。

他在我的手腕上停了许久，久到我都以为他当着章景行的面在占我便宜。

然后，他问我上一次月事是什么时候来的，我哪能记得住，芝蓉说是上上个月。

那个庸医就跪在我和章景行面前一脸激动地说："恭喜陛下，贺喜陛下，皇后娘娘已经有了两个月的身孕。"

我惊呆了。

芝蓉惊呆了。

章景行也惊呆了。

我回过神，拉着那个庸医的袖子问他真的假的。

他一脸笑容地和我说："老臣行医三十余年，一个喜脉断不会诊错。"

又转身和章景行说，两个月的胎儿不稳定，一定要细心照料，还说我体寒，如今已是深秋，切不可着了凉。

说完，自己去开方子了。

我看见章景行好像想来抱我，但是又不敢，那种小心翼翼的样子，我只有在那次刺杀醒来的时候看见过。

宫里的话传得就是快，还不到半个时辰，太后就亲自来了。

我赶紧去扶她，她高兴得流下了眼泪，下令重赏凤栖宫所有人。

第二日，宫妃们早早就来了，笑得一个比一个开心。

我寻思着，我怀的也不是她们的孩子，她们在那儿开心个什么劲？

第三日，长姐和父亲一同来看我，我觉得长姐又要哭了。

果然……咦，没有？

父亲的身体愈加不好了，我告诉父亲要养好身子，将来还要抱外孙呢。

父亲大手一挥，说这都是之前在战场上落下的老毛病了，不碍事。

最开心的当属章景行，他几乎每天下了朝就跑来我这里。我问他今年新年是不是不能出宫了，他笑着揽着我，说明年一家三口一起去。

我说要不新年宴就让陈妃来帮我吧，给她个协理后宫的权力。

章景行说行，我又说要不晋她正一品淑妃。

他说有些快了，等新年宴结束后吧。

我把这个消息透露给陈依依的时候，她美目一横，说她每天照顾小公主已经很累了，哪有时间弄什么新年宴。

我说得了吧，她要是天天照顾，那怎么小公主现在在她宫里的于贵人那儿。

我觉得陈依依真的很适合治理后宫，她办的新年宴比我办的精彩多了。

我决定以后每年都让她来。

她似乎是看出了我的心思，瞪了我一眼，用口型说了句不可能。

没关系，我就装作没看懂。

于是趁着新年宴，章景行宣布晋陈妃为正一品淑妃，有协理六宫之权。

因着我有孕不能受风，章景行早早就拉着我离开，让她们自己玩去了。

我其实也想和她们一起玩的。

这个冬天，带走了爱我的太后。

原本太后的身子已经大好，但不知怎的，突然又恶化了。

听到这个消息时，我正在和章景行做一场拉锯战，因为我实在不想喝安胎药。

等我俩赶到慈宁宫的时候，宫人们跪了一地。

张嬷嬷说，太后想先见章景行，我在外面等了一刻钟，章景行让我进去。

我跑到太后身边，她让我离她远一点，小心过了病气给孩子。

我哭着说这都什么时候了，怎么还在意这些。

太后拉着我的手，慈爱地看着我，让我别哭。

“哀家第一次见着你，你方六岁，小小的一个人跟着若婳向我行礼，奶声奶气的样子真是可爱极了。”

“你别怪哀家把你从小扣在宫里，哀家没办法啊，朝中只有你父亲才能帮我们娘儿俩。可我，可我不敢把身家性命都押在他身上，哀家只能把他的小女儿接进宫，做人质啊。”

我哭着摇头，声音哽咽道：“不……太后，宛儿不怪你，从来都不怪你。”

“好……好孩子。”太后抬了抬手，摸了摸我的脸，“哀家最对不起的，就是你大哥的死。那年西蛮进犯，朝堂小人揭竿而起，哀家实在抽不开身派兵支援，这才……这才造成了你哥哥的死。哀家对不起你，对不起你们赵家啊。”

“成郢也是哀家看着长大的，他身死他国，是哀家的错，是哀家的错啊。”太后拿手拍着自己的胸口，泪流满面。

“不……太后，不是这样的。”我哭得几乎断了气，章景行扶住我的肩，眼眶通红，“太后，太后您答应过宛儿的，您说过您会长命百岁，一直护着宛儿的。这皇后的位子是您把宛儿推上去的，您要……要对宛儿负责啊……太后！”

“宛儿不哭，不哭了。”太后似乎是想笑，但她已经没有力气笑了，“从今往后，景行护着你，定会安好无虞。”

“哀家老了，也累了，先帝临死前和我说在天上等着我呢，我要去找他了。你答应哀家，一定和景行好好的，别……别像哀家和先帝一样……”

说完，太后就闭上了眼。

我觉得这肯定是一场梦。

我确信我在梦里。

因为我看见我自己了。

六岁，因为想家躲在被子里哭，被太后抱在怀里。

七岁，字写得歪歪扭扭的，太后笑着说好看。

九岁，在雪地里摔倒了，太后赶紧把我抱起来，问我摔疼了没有。

十岁，连夜抄的佛经，太后细心收好。

十二岁，被罚跪在雪地里，晕倒后太后焦急地在房里踱步。

十三岁，一身是血地回宫，太后给了章景行一巴掌。

十四岁，我说想出宫了，太后自己在屋里默默哭了一夜。

十五岁，着凤袍向太后请安，太后说我们家小宛儿真好看。

十六岁，和她说我不想做皇后了，她眼睛里满是慌张。

十七岁，我有孕的消息传到慈宁宫，她急忙从床上爬起来看我。

同年，她倒下了。

陪了我十一年的太后，比阿娘陪我时间还长的太后，没有了。

再也没有了。

丢下我独自在这个吃人的后宫浮沉。

“太后！”

我哭着坐起身，章景行一把把我抱住，身子有些颤抖。

“赵宛儿，朕命令你，你不许有事。母后已经没了，你想让朕再失去你吗？”

我浑浑噩噩地过了三个月，突然有一天，肚子里动了一下，我低头看向有些圆滚的肚子，又是一下。

“他……他踢我了。”

这是我这三个月来第一次开口说话，淑妃立马红了眼眶，骂道：“我还以为你变成哑巴不会说话了呢，你还知道自己肚子里有个孩子啊，天天这样行尸走肉地活着，你要我们怎么办？”

晚上章景行来看我时，我看了他好一会儿，他瘦了，瘦了好多。

“对不起！”

他的身子明显僵了一下，不可置信地转身看着我。我站起来踮脚亲亲他的嘴角，又重复一遍：“这三个月，对不起！”

往后的日子，也可能有时候要对不起了。

章景行如获至宝，眼睛里的光又亮了起来，摇头和我说没事，只要我好起来就没事。

那个庸医说，我本就体寒，再加伤心过度，积郁于心，前五个月也没有好生养着，此次生产，怕是会很危险。

这是我自十二岁那年摔碗后，第一次见章景行动怒，他高声吼道："若是生产之日皇后有个三长两短，我要你们整个太医院陪葬！"

我觉得这个太医实在是太可怜了，行医三十余载，到老了不仅要被我天天叫庸医，这次更是有性命之忧。

本是我自己犯的错，却让太医院赔罪，可没有这个道理。

我让庸医先起来，帮我好生养着就行，此次养胎还要他多多费心。

吓得他刚起来又跪下了。

唉，我这张嘴啊，多说多错。

长姐来看我时，正巧赶上庸医来和章景行说，茂山温泉夏日清凉，而且温泉有利于孕妇恢复，请皇后摆驾茂山安胎。

长姐和章景行说她陪我去。

父亲率领赵家军亲自护送。

我走的时候，陈依依抱着四个月大的公主走在宫妃最前面来送我，我笑着说又不是不回来了，不用这么大的阵仗。

她让我赶紧呸呸呸。

我笑着摸了摸小公主的头说："阿宁要乖，要努力长大，母后过几个月就给你带弟弟妹妹回来。"

沈昭仪的公主，取名章康宁，取安康长宁之意。

我和姐姐坐在去茂山的马车上，车内很大，六马同骑，也很稳。我靠在长姐身上问她，我会不会像沈昭仪和宋庶人一样难产而亡。

长姐温柔而坚定地和我说绝对不会。

在茂山的日子很安静，每天就是看看书写写字，佛经抄了一箱。

章景行只要有时间就会来看我，给我带他不知道从哪里得到的小玩意儿。

我知道，他是在给我解闷。其实我一点也不闷，茂山的宁静可以让我细细地想通很多以前不明白的事情。

转眼就到了七月，正是桃子成熟的时候。我吃了一个香甜的桃子之后，肚子就有些阵痛。

章景行早在半个月前就搬来茂山陪我待产，我才和他说今日是中元节，大着肚子不能去逛了，他温柔地哄着我说明年带我看。

调理了四个月，我的身子好了一些，产婆一直让我用力，用力。

我想和她们说，我真的已经很用力了。

就在我快没有力气的时候，我听见了一声啼哭，耳边是产婆欣喜的大嗓门喊着双生子，龙凤胎。

我觉得她们太吵了，想让她们出去。

有一瞬间，我疼得以为自己要死了。我在想，沈昭仪生产的时候，是个什么感觉呢。

没有产婆，没有太医，也没有家人。

她哭着央求我好好照顾她的孩子的时候，是该有多绝望啊。

我来不及细想，章景行就冲了进来，问我怎么样。我让他看看孩子，他摇摇头，说我没事就好。

还说谢谢我，谢谢我没有丢下他。

我没有力气说话，只能回应他一个微笑。

之后，我就搬回了宫里，但是我的身子一直不大好，庸医说多养几年就好了。

我想了想那苦得让人作呕的药，害怕地摇摇头。

大启有了嫡子，取名承瀚，章景行下令封为皇太子。

大启也有了嫡女，取名康乐，是我起的名字，我想让她一生安康快乐。

父亲抱着他的外孙哈哈大笑，可能是声音太大，把我儿子吓哭了。长姐无奈地看了不知所措的父亲一眼，把孩子抱在怀里哄着。

一岁的康宁，好奇地看着在摇篮车里的弟弟妹妹，“呀呀”地叫着，突然蹦出来一个“弟”字。我们欣喜地让她再说一句，她不理我们，转头看向康乐。

我的身子因为生产一直不见好转，天天靠药养着。陈依依摘了她种的葡萄给我吃，葡萄皮用来喂兔子。

章景行给我抓的兔子，我从没管过它们，它们竟把自己吃得这么好。

我笑着和陈依依说，这下能做一大盆兔肉汤了。

陈依依斜睨了我一眼，让我趁早死了这条心。

我低眉顺眼地说：“淑贵妃教训得是。”

景辉二十四年，我的康乐没有了。

她生下来的时候就小小的一个，不哭也不闹，捧在手里就像纸片一样。我精心养了一年半，她还是离开了我。

康乐的离开抽走了我所有的力气，我病得起不来床。

章景行每天陪在我身边，朝政几乎都不管了。

长姐和他说是我自己不想活了，他不信，依然天天让我吃药，和我约定将来的事情。

我乖乖喝药，他说的事一个也没有答应。

唉，他这个人啊。

同年的深秋，早饭过后我的精神还不错，想出去坐坐。我让芝蓉给我换上桃粉的裙子，芝蓉怕我冷，又给我披了件白色的狐裘。

我低头看了看自己这一套，像极了章景行偷偷带我出宫的那一套。

我和小盛子说去把章景行叫回来吧。

这是第一次，他在上朝，我把他叫了回来。

也是第二次，他丢下众臣，过来看我。

那年遇刺，睁开眼时看不见章景行的那种心慌，我不会和任何人说的。

我以为他出事了，我拿命护着的章景行，若是还出事了，我会崩溃的。

不过还好，他回来了，抱着我，让我以后不许再这样了。

我真真切切看见了他眼里的慌张，像个小孩子一样在我面前哭。

我心软得一塌糊涂。

赵宛儿你完了，早就完了。

从那年掀了桌子，被太后罚跪在雪地里，章景行来给你撑伞的时候就完了。

或是更早一点，第一年入宫蹲在地上哭，转身看见他伸出的手，用同样稚嫩却故作老成的样子和你说带你去吃桂花酥的时候，你就完了。

“章景行呢？”我抱着兔子，问芝蓉。

“陛下在您身后。”

我转头，就看见一身玄色龙袍的章景行立在我身后不远处。

我让他过来抱抱我，他轻轻拥我入怀。我和芝蓉说搬个美人榻吧，我有些站累了，想坐着等日落。

我和他说，大概就是今日了，我有感觉。

他没理我。

没关系，他经常不理我的，我都习惯了。

我和他说别叫那庸医过来了，我不想这个时候了还要喝那么苦的药。

我仰头看他，只能看见他有点胡楂的下巴。

我记得太后曾问我心里可有章景行，我说有。

但是太后没信。

那时我说的是真话，我十四岁那年出宫，找不到心心念念的肉包子，找不到和我打雪仗的阿清，阿娘也搬到道观不要我了。

我在家中看书，看见有意思的想说与他听，但是他却不在身边的感觉，别提有多失落。

及笄那日他来了，我牵着他的手走，幼稚得像个小孩子一样宣誓主权。

父亲问我："太后病了，你愿不愿意去宫里照顾她？但这次进宫，是以皇后的身份。"

我说太后待我如待女儿一般，我愿意的。

只有我自己知道，我说的那句愿意，是在回答第二句。

没人知道大婚那日我有多高兴，我是他三媒六聘，以大启最高礼仪、受万民瞩目、同享百官朝拜娶进门的皇后。

他走在我身侧，我紧张到只问了一句无关痛痒的问题就不敢再说话。

我还想问他，若是我做不好这个皇后怎么办？

若是后宫争宠，冤枉了我怎么办？

若是他有一天烦我了，怎么办？

有太多的问题要问，我怕一开口，就藏不住心中的爱意。

因为我怕，他那么优秀，世间仿佛没有他做不成的事。而我，从小就被人说是傻的，我怕我配不上他。

我分明看见了我让他去找别人的时候，他眼睛里的恼怒，也分明看见了他写下"永结同好，护卿长宁"八个字的时候，眼睛里漫出来的情意。

我想，他应该是喜欢我的。

君言所诚，死生不离；承君一诺，至死不渝。

我想写好多好多庚帖，想告诉他只要他不弃我，我定不负他。

可我不敢，我怕他看见我如火般热烈的真心之后，我在他面前，将无所遁形。

“章景行，我喜欢你。

“很喜欢很喜欢你，从很久以前就喜欢你。”

“我知道。”

哦，原来他知道啊。

“你什么时候知道的？”

“很久以前。”

亏我还瞒了这么久，真是讨厌。

“那你喜欢我吗？”

“喜欢……”

“有多喜欢？”

“很喜欢很喜欢，比你还多一点。”

我笑了，觉得他的喜欢肯定没有我多。我抬手擦了擦他脸上的泪水，让他不许哭。

“父亲年迈，身上有伤，你一定要好好照顾他啊。

“还有长姐，她为了赵家，为了我，一生没有嫁人。我死后你一定要善待她，她太苦了，太苦了。

“依依是个好姑娘，她不会有那种外戚专权的想法，陈家也不会威胁到你的皇权，你别再提防着她了。”

“那我呢，赵宛儿？”章景行低头看着我，脆弱得好像一只受了伤的小兽，“你要我怎么办？”

“我嫁给你的第一年，就希望你长命百岁天天开心，祝酒辞的时候，我说过了的。”我抱着他，在他怀里蹭了蹭，“你祝我万事胜意，我做到了，嫁给你的每一天，每一件事，我都很满意。”

我想和他说，宋妃是我害死的。我知道我赏给沈昭仪什么东西她都会要一份，所以我就在她怀孕的时候给她很多很好的补品，导致胎儿过大，也是我在她生产前夕，告诉她她家里的事，让她提前动了胎气。

她没了一个孩子，所以上天夺走了我的康乐。

她难产而亡，所以老天要收走我的命。

我想和他说我想哥哥了，西鲁小公主送给我的那个哨，是大哥留给我的。她还告诉我，大哥说他有个幺妹，从小就乖巧懂事，在宫里不哭不闹，他觉得对不起我，所以想这次打完仗之后亲手送给我，和我说哥哥回来了，让我别怕。

我想和他说，我日日抄写佛经，虔诚地祈祷大启能够江山永固、国泰民安，祈祷我的夫君不要再像幼时过得那样艰难。可我不敢去拜佛，不敢让佛祖看见我做的坏事，也不敢让佛祖知晓，我卑微又恳切的情意。

我还想和他说，我自六岁入宫，到现在十三个年头，因为太后责罚我哭过，因为长姐操劳哭过，因为大哥和阿娘离世哭过，也因为终于见到父亲哭过。

唯独于他，从来都是欢喜的。

“章景行，我喜欢你。”

很喜欢很喜欢你。

恍惚间，我看见月亮升起来了，好像又回到了刚嫁给他的那年新年。他带我出宫，我捂住他的嘴，只能看见他透亮的眼睛。

他的眼睛真好看啊，好看到我好像能从里面看见日月星辰，山川河流，可以看到长河落日，浅草没马蹄，可以看见一身雪白，踮脚捂住他的嘴的小小的我。

我不会和任何人说，因为他说的那句“我的眼睛里从来都只有你”，我心跳得快都要从我身体里蹦出来了。

那是我这辈子听过的，最美好的情话了。

番外 康宁

皇弟今天又被罚跪了。

康宁和淑贵妃说的时候，淑贵妃正在剥葡萄给她吃。淑贵妃让她一个时辰之后，去乾明宫送盘葡萄，再绕个道去把皇弟领过来。

这是章康宁出生十二年后，章承瀚第 N 次被罚跪。

章康宁轻车熟路地到了乾明宫，和门口的小太监打了声招呼，就进去找父皇。

她把葡萄放在桌子上，使劲捏了一下自己的大腿，挤出几滴眼泪说："皇弟年幼，身子又弱。这正午太阳毒着，中暑了可怎么办啊？"

见皇帝没动，康宁跑过去抱住他的大腿继续哀号："父皇啊，我就这么一个弟弟，他要是有个三长两短，我也就不活……活得不快乐了，呜呜呜……"康宁眼角瞥见全公公在一边使眼色，立马改了口。

"今日作业，罚抄三十遍。"

"得嘞！"

听到父皇松口，康宁立马蹦了起来，离开之前还不忘偷拿两颗桌子上的葡萄。

章康宁去接章承瀚时，他的小嘴抿得紧紧的，严肃得让她好像看见了父皇。

他和父皇长得可真像啊。

母妃说，皇弟不仅长得像父皇，连性子也像。

但是父皇不喜欢他。

无论皇弟做得有多出色，父皇从没给过他一个笑脸。

小的时候她问过母妃，为什么父皇不喜欢皇弟。

母妃说，因为害怕。

怕看见章承瀚总会想起皇后娘娘。

但是，彼时的康宁想不明白这个道理。

章承瀚好像因为被罚跪，很受打击。从康宁把他领回玲珑阁，就没有说过话。

“这么多次，我都习惯了，皇弟你该习惯的。”康宁躺在院子里的凉席上，有一搭没一搭地和章承瀚说话，但是后者一句也没搭理她。

唉，这倒霉孩子。

章承瀚的消极情绪一直持续到中元节。

中元节的晚宴都是淑贵妃安排的，皇帝只是露个面就走，从不多待一刻钟。

大家只记得这一天是中元节，好像都忘记了，这天也是章承瀚的生辰。

康宁也不敢记住，她六岁那年偷偷为章承瀚过生辰，长寿面还没出锅，父皇就来了，身后跟着一脸焦急的母妃。

那是康宁第一次见到父皇生气，她和皇弟跪了一天一夜，膝盖都肿了。

后来章承瀚的外祖父赵老将军进宫，父皇才让他俩起来。

母妃悄悄和她说，只有三件事不能做。

第一，不能提皇后娘娘。

第二，不能进凤栖宫。

第三，不能给太子过生辰。

母妃说，只要不触碰这三件事，就算她在宫里翻了天，父皇也不会责怪。

可这天的中元节，章承瀚却和康宁说，他要进凤栖宫看看。

章康宁吓得话都说不利索了，拉着章承瀚的衣角直摇头。

“皇姐，我想去看看母后。

“皇姐，我从未见过母后。”

这小模样着实可怜。

章康宁觉得自己简直是疯了，竟然答应他晚上陪他偷偷进凤栖宫。

这要是被父皇知道了，定是要被剥一层皮的。

呜呜呜。

中元节当天，宫人大多在宴客的大殿伺候着，两个人艰难地搬来梯子，一番折腾终于溜进了凤栖宫。

这凤栖宫可真大啊，康宁边看边赞叹。

“太子，公主？”

完了。

章康宁呆滞地转身，想死的心都有了，刚进来就被发现：“芝蓉姑姑……”

“皇弟想念母后，就想来看看。”

芝蓉姑姑沉默地看着章承瀚良久，叹了口气：“进来吧。”

母妃问过康宁，还记不记得皇后，小的时候还抱过她呢。

康宁摇头，从她记事起皇后娘娘就是宫里的忌讳。曾经有两个小宫女在打扫时议论皇后，被路过的父皇听见，当场就杖毙了。

从那之后，更是无人敢提。

康宁一直以为父皇是不喜皇后的，甚至是讨厌，讨厌到听都不想听到她的名字，看都不想看她的儿子一眼。

所以，当康宁看见满屋子的画像时，着实吃了一惊。

“母后……”章承瀚望着一幅画出神地喊道。

皇后娘娘长得可真好看啊。

画像挂满了整个屋子，画中女子或娇或嗔，或坐或站，一幅幅看下去，康宁觉得皇后娘娘就好像真的站在自己面前一样。

父皇来时，章康宁正在看书房桌上的佛经，还来不及想为何会有佛经，就被两个太监架出去了。

时隔六年，这是章康宁第二次看见父皇生气。

她被打了三十大板，疼得她都以为自己要死了，哭着和父皇说她错了。

她被母妃接回去就晕倒了，第二天醒过来的时候，就听说章承瀚也被父皇打了三十大板赶出宫了。

急得她眼泪直掉，问母妃怎么办，母妃也摇摇头。

皇后娘娘是父皇唯一的禁忌，谁都没办法的。

她又问母妃，为何凤栖宫的书桌上，有“君子一言，驷马难追”八个字，像是新写上去的簪花小楷。

没有得到回答。

她又问母妃：“皇弟还会回来吗？”

母妃笑着摸摸她的头，说：“当然会的。”

康宁一直待在宫里等。

等到章承瀚生日这一天，她偷偷下了碗长寿面躲在屋子里吃。

等到宫里落雪了，夜里点个红灯笼照得雪亮晶晶的，漂亮极了。

雪下得很大，一夜就能没过脚踝，以前康宁无聊的时候，就拉着章承瀚去看太监们扫雪。

今日，就只剩下她自己了。

听见身后有脚步声，康宁惊喜地转过身："皇弟！"

身后不远处站着一个身着靛蓝衣衫的男子，面色如玉，温文尔雅。

康宁觉得，那一瞬间，她的世界都被点亮了，像万亩花丛中盛开了一朵最艳丽的花，让她看见的其他人都暗淡无光。

她明显听见自己的心跳得很快。

"臣祝容拜见公主殿下！"

"起……起来吧。"康宁呛了风咳嗽几声，摆摆手让他起来，"这是后宫，你怎么到这儿来了？"

"回公主，臣初次进宫，不知怎的就迷了路。"

"你，带这位大人去大正宫。"康宁随手指了个太监就要离开，刚走了几步，又退了回去，"我看你穿这么多，这手炉就给我吧，我冷。"

"是……"祝容愣了一下，递上手炉。

嗞，他的手真凉。

回宫后，她就同母妃说了这事。母妃听过后笑得前仰后合，说这祝容自小就是个不识路的，在自家院子里也能迷路，大夫说应该是脑子有些问题。

"他脑子有病，怎么做官的呢？"

母妃点点康宁的头："只有不识路这一点毛病，祝家的嫡公子是少年天才，三岁作诗五岁成文，十一岁一篇定国策名震天下，十四岁被陛下派去江南治水，两年了。前几日听说江南水患解决，如今该是回来复命的。"

听得康宁满脸崇拜，第二天去乾明宫请安见到祝容时，觉得他浑身都在发光。

康宁请完安后一直在门口等着，和全公公大眼瞪小眼，终于等到祝容从里面出来。

“公主？”

“母妃说了，滴水之恩当涌泉相报，你昨日给了我手炉，本公主今日带你到宫门口。”

“不劳公主费心，安公公带臣出去就可。”

“这宫里他不熟，”康宁见他拒绝立马说，眼睛还不忘扫了扫周围人，“他们都不熟。”

祝容无奈地笑笑，俯首道：“有劳公主。”

康宁第一次觉得这皇宫太小了，才走了这么一会儿就到了宫门口。

“本公主还从来没有出宫看看呢。”康宁见祝容要走，瘪嘴说到，又掐了掐自己的大腿挤出两滴泪，“也不知道外面是什么样子的。”

祝容停下脚步，看了一会儿康宁，说：“那真是太可惜了。”然后转身走了。

“祝容！本公主送你到宫门口，作为报答，你是要找机会带我出宫玩的！”康宁大喊，“我母妃说了，滴水之恩当涌泉相报。”

等看不见祝容的背影，康宁提裙往回跑去，身后宫女太监还未反应过来。一路跑回玲珑阁，康宁累得气喘吁吁。

“母妃，母妃，祝家公子温润如玉少年成才，为人谦和仪表堂堂，够不够得上做驸马？够不够得上？”

“怎么，我们小宁儿喜欢祝家那小子？”淑贵妃挑眉看着被碰洒的墨水问。

“他长得可真好看啊，声音也好听，性子也好，什么都好。”

“那你须得知道，人家是否也中意你才可以。”

淑贵妃的这句话，难倒了康宁。康宁埋头看了好几天的话本子，制订了好几套自认完美的计划，去测试祝容到底喜不喜欢自己。

第一步，话本子里说了，女孩子只有漂漂亮亮，多才多艺才能被人喜欢。

于是康宁把自己打扮得明艳照人，还让人搬了把琴，每天守在乾明宫不远处，一看见祝容出现，就开始弹。

弹到冷得直打哆嗦，人家也没理她。

失败。

第二步，要制造意外情况，来个英雄救美，感情会迅速升温。必要时，可以说“小女子愿以身相许”。

于是康宁把琴一扔，瞅着祝容出现，在他面前假装滑倒。

祝容：“公主，雪三天前就化了。”

康宁“……”

失败。

第三步，想要抓住男人的心，就要抓住男人的胃。

于是康宁天天去小厨房学做饭，学得厨子哭着求她别再为难他们。

失败。

第四步，要培养共同的兴趣爱好，才能有更多的话题。

于是康宁一看见祝容就开始吟诵：

“金风玉露一相逢，便胜却人间无数。

“心空道亦空，风静林还静。卷尽浮云月自明，中有山河影。

“红豆生南国，春来发几枝？愿君多采撷，此物最相……欸，欸欸，祝容你别走啊！此物最相思！”

失败。

第五步，第六步，第七步……

祝容在京城待了一年，康宁就追了祝容一年。

春去秋来，又到了冬天落雪。

距离康宁第一次见到祝容，整一年了。

距离章承瀚离开皇宫，也整一年了。

今年的冬天实在是冷，冷得康宁都不敢出门，追祝容的计划也只能暂时搁置。

这个冬天带走了赵老将军，章承瀚的外祖父。

皇帝下令追封一等定国公。

淑贵妃和康宁说，赵老将军是先皇后的父亲，戎马一生，落下许多病痛，自先皇后病逝，身子就愈加不好。

现在赵老将军也过世了，这赵家，就只剩下赵大小姐一个人了。

淑贵妃得了皇帝的同意，出宫去赵府奔丧。

康宁从未出过宫，这次也跟着一起出来了。

康宁一直觉得，赵府作为五朝将军府，该是那种严肃厚重，令人望而却步的样子。再不济也该是富丽堂皇的大户人家。

怎么也没想到，竟是如此冷清萧条。

“这不是萧条，”淑贵妃似是看出了康宁心中所想，悄声说，“是寂静，他们一家人，都是寂静的。”

门口屋内，挂满了白幡，赵若婳一身素衣出来迎接，被淑贵妃止了礼数。

康宁看见母妃从袖中拿出了个翠绿的东西递给赵姨母，还听她说：“这是宛儿临终前交给我的，说若是家中只剩你一人，要我务必交与你。她本想给你写封信，但实在拿不动笔了，只能由我带句话。”

“她求你再活几年，帮她再看看陛下的身子好不好，有没有恨她扔下他，”母妃的声音有点哽咽，康宁握紧她的衣角，“她想求你再坚持一会儿，帮承瀚物色一个好妻子，不求多么富贵有权势，只要两情相悦不生隔阂就好。求你做完了这些事再去找她，她在那儿等你，等你细细说与她听。”

离开赵府之前，康宁回头看了看，赵姨母一身素衣跪在祠堂，背影单薄却挺直着。

康宁觉得赵姨母一定很悲伤，隔着千山万水都能感受到她的悲伤，仿佛这悲伤，从京城一直蔓延到了塞外。

如同那只绿哨一样，托付了太多沉重的情意，舍不得，丢不开，承受不住。

康宁突然很想去抱抱她，想和她说别难过了。

可她不敢，她不敢靠近她。康宁觉得，悲伤是会传染的，她现在就被传染得很难过了。

“草民，叩见贵妃娘娘。”刚出赵府，就看见身穿一袭布衣的中年男子立在门口。

“宁儿，这是与母妃最亲的表哥，叫舅舅。”淑贵妃轻声提醒康宁。可还没等康宁开口，那人却道：“娘娘折煞了，我早已被赶出陈氏一族，哪有资格称得上公主的舅舅？”

“表哥既然来了，怎么不进去？”

“她……不会希望我进去的。”

坐上回宫的马车，康宁问淑贵妃，刚刚那个舅舅是不是喜欢赵姨母。淑贵妃问她如何看出来的。

康宁说眼睛，眼睛里的喜欢是藏不住的。

“他们两个自幼定亲，青梅竹马。可造化弄人，当时的陈、赵两家一文一武，都是朝中重臣，若是定亲会遭有心之人以结党营私之名构陷，逼得他们无法在一起。”

一个，宁愿离开陈家。

一个，无法割舍赵家。

就这么错过了，一错过，就是一辈子。

康宁不是很懂，她觉得如果互相喜欢，就是应该在一起的。就像她现在喜欢祝容一样，若是祝容也喜欢她，她会立马跑到父皇面前，求他赐婚。

可她还不知道祝容的想法，不过没关系，她可以等，等到她知道了，再求也不迟。

好不容易出宫一次，康宁实在不是很想这么快就回宫，央着母妃放她在外面玩一晚。撒泼打滚好久，终于得了全公公来传口谕，命大理寺少卿陪公主游玩一日。

康宁简直要爱死父皇了，当她在宫门口看见祝容时，没忍住直接抱住了他。康宁的个头只到祝容的胸口，她仰着头眼睛亮晶晶地说："祝容，我能出宫玩啦！"

淑贵妃在车内叹了口气，命轿夫起轿回宫。

康宁看什么都是新奇的，她拉着祝容的手走走停停，好几次感觉祝容想松开手，她握得更紧了。

夜半。

祝容把她带到祝府安顿一晚，准确来说，是祝容的随从领他们回到祝府。

康宁讨喜的性格瞬间惹得祝母的喜爱，康宁觉得自己追到祝容的把握又大了许多。

玩了一晚上也不尽兴，康宁做着梦都在想今天晚上看见的糖人花灯。

第二天，天刚亮她就起来了，蹑手蹑脚地溜进祝容的房间。

祝容长得可真好看啊。

君子如玉，温润无双。

康宁用手指杵了杵他的脸，软软的。

白白净净的，像个小馒头。

好想亲……

康宁别过头，自己再怎么说也是个公主，偷亲男子这种事简直伤风败俗！

可是……现在无人看见，他又睡着……亲一下也没关系。

一下，就一下。

于是章康宁亲完立马跑出房间，又赶紧折回去把门关上，路上还撞倒了一个丫鬟，吓得那丫鬟跪在地上直磕头。

章康宁觉得脸上烧得慌，顾不上管她，冲到前厅，遇到了正在浇花的祝母。祝母笑着问她怎么起得这么早，气喘吁吁脸还红红的，出什么事了。

因为我偷亲了你儿子。

康宁觉得自己如果这样说，母妃能扒了她一层皮。

“因为宫里还有事，母妃让我早些回去，我……我就先走了。”

“来人，去把少爷叫来送公主回宫。”

“不用了！”康宁急忙制止，又觉得自己这反应太奇怪，补救道，“我的意思是，天还这么早，祝大人应该还在睡着，就……就不麻烦了，我自己回……哦不对，让家丁送我回去就行。”

还没等祝母说话，康宁就跑了，自然漏掉了祝母那句“阿容早就醒了，方才还给我沏了壶茶”。

回到宫里，康宁把自己憋了整整十天。淑贵妃问她怎么了，她也不说话。终于，在淑贵妃没有耐心要揍她的时候，她哭唧唧地抱住她的腰说：“我这么喜欢祝容，整个皇宫都知道了，若他不娶我，父皇定会不高兴的。可若他娶了我，却又不喜欢我，将来负了我，我难过怎么办呀？”

淑贵妃哭笑不得，哪里会有人敢负公主的，是不想活了吗？

但是看自家女儿真在纠结这件事，她略微沉吟一会儿说：“应该不会吧。”

“话本子上都是这样的，最后的结局都是女主死了，男主才追悔莫及。母妃我还小，还不想死。”

“嗯，这是个问题。”淑贵妃也皱了皱眉，一本正经地说，“那母妃就让宁儿晚几年嫁给他，让宁儿多活几年，如何？”

康宁抱着淑贵妃的腰思考了一会儿，点点头，好像可行。

“那要是在我嫁给他之前，他娶了别人怎么办？”

“那就让陛下下令，让他不许娶别人。”

于是当天下午，章景行就看见章康宁偷偷掐了她自己大腿的肉，挤出几滴眼泪求他下旨不许祝容娶别的女人。

“你有多喜欢祝容？”章景行沉声问她。

“很喜欢很喜欢。”康宁想也不想就回答。却看见父皇听见她的回答后，似乎有些动容，眼睛里，是细碎的光。

祝容收到陛下口谕时，心情是复杂的，全公公的表情也有些怪异。怎么会有一个皇帝下旨不许自己的臣子五年内娶除公主以外的任何女人？

康宁得知了这个旨意，开心得一晚上没睡好觉，思考着自己的追夫计划。

于是，又是两年鸡飞狗跳的女追男，康宁在追逐祝容的日子里慢慢长大，性子也沉静下来。

“你啊你啊，咋越来越像我了。”淑贵妃细长的手指点了点康宁的脑袋。这孩子才不如外界说的沉静，小心思全藏在心里，和年轻的自己一模一样。

“因为宁儿是母妃的女儿呀。”康宁亲昵地蹭了蹭淑贵妃，再过三个月，她就该及笄了。

她要在那一天问祝容，到底喜不喜欢她，要不要娶她。

阳春三月，正是天气回暖的季节，康宁心心念念的一天终于来了。

千挑万选了一件桃粉的长裙还不让穿，康宁一脸不乐意地换上五重华服，求着淑贵妃在她额头画一朵桃花。

“母妃，怎么了？”康宁唤了声盯着自己发愣的淑贵妃，以为是自己今天哪里奇怪，照了照镜子，“挺好看的呀，母妃你看什么呢？”

“没什么，只是以前有个朋友，也总爱在眉间画眉心花。”

康宁知道母妃说的是皇后娘娘，她在凤栖宫的画像中看见了。但是看起来母妃不愿多提，她也自觉地没有继续追问。

康宁安安静静地站在德坤殿外候着，听见礼官的声音，由宫女扶着慢慢走入殿中，殿内的内命妇早已到齐，都垂首立于两侧。

其实一共就四五个人，康宁听说以前还有十来个的。但自皇后离世，没有被临幸的都被送出了宫，剩下的升了位分留在宫中。

接近正位之时，康宁双膝跪地，叠手举至眉间，深深叩拜在地，起身再叩拜，三叩拜。

因为没有皇后，康宁踏着汉白玉筑的台阶缓步走到站在主位一侧的淑贵妃面前，再叩礼。淑贵妃为她绾了发，插上镏金琉璃八宝簪，又扶她起身，面向诸位内命妇。

礼成。

回宫之后，康宁就瘫在床上，闭着眼寻思再找个啥理由去找祝容。

“公主……”有宫女小声开口，康宁“嗯”了一声等她的下文，

“您睁开眼。”

“怎么了？”康宁闻声睁眼，侧头朝着那宫女看的方向望去：“章……章承瀚？”

康宁连忙起身跑到站在门口的章承瀚面前，一脸不可思议地问：“你何时回来的？这几年在边疆怎么样？有没有被欺负啊？怎么瘦了这么多，还黑了？”

“今日回的，去拜见了父皇，紧赶慢赶还是错过了你的及笄礼。这几年过得挺好，无人欺负我……”章承瀚看着紧紧抱住自己的康宁说，“皇姐，哭花了脸，可就不好看了。”

“我才没哭。”康宁把头埋在他的衣服里，声音哽咽道。

章承瀚离宫的时候，个头还没有康宁高，现在都超过她一个头多了，本来就瘦，现在抱起来更觉都是骨头。

父皇也真是狠心，章承瀚打从娘胎里出来身子就不是很健康，还把他丢到塞外这么多年，若是皇后娘娘还活着，定会生气的。

章承瀚回来后，康宁天天都陪着他，他走到哪儿康宁就跟到哪儿，和小时候一样。

康宁和章承瀚一起去拜见章景行的时候，祝容也在乾明宫。祝容的表情有些凝重，好像是在商讨一些重要的事情，康宁自觉地离开了。

全公公这次一反常态地不让她在门口等着，大概真的是国家大事，不能让她听了去。

回宫后，康宁问淑贵妃是不是出什么事了，淑贵妃凝眉温声道：“听闻是西蛮九族联盟，要进攻大启。”

又来？

这西蛮忒不老实了，看赵老将军去世，赵家军不似当年勇，就又起了进犯之心。

这几日，宫里的气氛有些压抑，每个人都小心翼翼，连章承瀚也是冷着一张脸。康宁有几次遇到祝容，见他也是皱着眉头，就立在不远处不敢上前。

倒是祝容主动走来，行了礼温声和她说近日还是不要来乾明宫，还给她带了宫外的梅花酥。

半个月之后的一个晚上，康宁正躺在院子的贵妃榻上无聊地看星星，章景行破天荒地来了玲珑阁。

听见太监的传报，康宁吓得摔到了地上，又赶紧爬起来行礼。

章景行的心情看起来不错，还顺手摸了摸她的头让她平身。

宫人上了茶，康宁乖乖地坐在一旁。

这几乎是康宁记事后，第一次看见章景行踏入后宫，要不是有她和皇弟的存在，她都要怀疑父皇是不是哪里有问题。

不过，这些话她只是自己在心里想想，她还想好好活着呢。

父皇这次来，是要给章承瀚选妃来着，父皇让母妃多上上心，同赵家大小姐一同商讨一下。

母妃点头称是，父皇就离开了。

康宁准备第二天就去告诉章承瀚，但是第二天她睡过头了，起来之后就听宫女说，章承瀚和父皇大吵了一架，被罚跪了。

康宁：“？？？”

这孩子几年不见，脾气长了不少，都敢和父皇吵架了。

淑贵妃拦住想去乾明宫的康宁，和她说这次的事情管不得。

宫女们七嘴八舌地说着，康宁倒也把这事听得七七八八了，说是因为章承瀚得知父皇要给他选太子妃，便去质问父皇为何不问过他就给他选妃，于是父子俩就这么吵起来了。

其间章承瀚还提了皇后娘娘，父皇就震怒了，把他赶了出去，还罚跪在凤栖宫门口。

康宁去的时候，祝容也在，他还是一身靛蓝，身形如玉。康宁躲在远处不敢上前，等了一会儿，偷偷探出头，看见祝容离开她才上前。

“皇姐又来看我了。”章承瀚看见她，微微笑了一下。他以前不爱笑，和父皇一样，冷着一张脸，成日里不苟言笑，可这次回来明显变了一些，有了些生气。

“真的有那个姑娘的存在吗？”

“有。”

“你喜欢她？”

“喜欢。”

“有多喜欢？”

“很喜欢。”

“那她喜欢你吗？”

“喜欢。”

康宁看着章承瀚良久，觉得那一定是一个很讨喜的姑娘，能让她的弟弟说起她时，眼睛里像是有星星一样。

又过了几日，章承瀚被封为主帅去西蛮征战，祝容是军师。

康宁听见这个消息的时候，兵马已经准备开拔了，父皇把一切做得太突然，朝中上下所有人都没反应过来，这事就已经定了。

康宁得了消息一路跑到城楼上，也只看见他们离去的背影。

那个人，即使是在万人之中，她也能一眼就认出来。

一定要平安回来。

康宁在城楼上看了很久，直到看不到人影了，才移开目光，转头就看见站在身边的母妃。

母妃和她说，南国写了书信过来，说二皇子已经启程前来拜见陛下，东月国也说三皇子会来。

父皇以战事吃紧拒绝了他们。

也对，大战在即，父皇怎么会有心情设宴。

淑贵妃闻言冷笑一声："别说区区九族，就是九十族，也能一锅端了。陛下只不过是不想见他们而已。"

淑贵妃所言不假，半个月后前线传来捷报，章承瀚接连攻下西蛮三座城。

又过五日，康宁正在和宫女们摘桃花，准备做桃花酿的时候，有人来禀报章承瀚攻下了五座城，还给陛下呈上了西蛮九族首领亲笔写的投降书。

可那投降书陛下连看也不看，转身射下了两只鸟，鸟头血肉模糊的。

父皇生气了。

虽然不知道父皇为何生气，但是康宁能真真切切地感觉到，父皇生气了。

父皇下令让祝容十日内回京。

他是在第九日的清晨回来的，刚回来就被叫到了乾明宫。不出一个时辰，父皇就出城了。

父皇的离开使朝中大震，母妃也慌了神。

有些年老的大臣因为父皇的一意孤行气得在家病了好几日。现在京城无皇帝、无太子，只有祝容手握圣旨勉强稳住局面。

康宁听着全公公宣读圣旨的时候在想，若是祝容此时勾结朝中武官，占领京城，追击陛下……

不可能的，祝容绝不会做这种事的。

祝家原本只是五品小吏，是父皇给了他机会，赏识他的能力，才让他未及冠就坐上了现在的高位，祝容不会有虎狼之心的。

父皇离开后，祝容做的第一件事，就是将淑贵妃禁足。

禁军包围整个玲珑阁的时候，康宁只觉得天旋地转，紧紧把着门框才能支撑自己不倒下。

康宁看见了母妃眼中的悲伤。那一夜母妃喝了许多酒，把自己关在屋子里不出来。康宁踹开门时，屋内零零散散一地的酒坛子，康宁从未见过母妃这个样子。

将母妃抬上床，听见她口中喃喃道："宛儿，他从不曾信我。"

一直等到第二天中午，淑贵妃才醒来，醒来之后闭口不谈昨日的失态。

康宁午后见到祝容时，将砚台狠狠砸向他，让他滚出去，声音大得把淑贵妃从屋子里惊了出来。

祝容皱眉问她怎么了。

康宁冷笑着，反手扇了他一巴掌。淑贵妃把康宁拉到身后盯着她看了一会儿，让宫女先把她带进屋。

康宁进屋后，就一直抱膝坐在墙角，过了一会儿，淑贵妃就进来了，走到她面前蹲下。

"让母妃猜猜，我们宁儿这个样子，应该是觉得那祝容狼心狗肺，趁着京中无主，意图篡权夺位。

"现在他有圣旨，又敢把贵妃禁足，若是再联合武官从背后偷袭陛下和承瀚……"

"母妃，别说了！"康宁打断淑贵妃的话，捂着耳朵不想听。

"你啊！"淑贵妃狠狠地弹了一下康宁的额头，哭笑不得地说，"叫你平日少看些话本子，成天脑子里想的都是些什么？"

康宁迷茫地抬头望着淑贵妃："可……可他确实是派兵把玲珑阁包围了，母妃昨日还……"

“禁军只听皇帝的命令，他怎么能吩咐得了？”淑贵妃看着康宁可怜的模样，语气温和了些，“母妃昨日吓着你了吧？”

不……不是……

她错怪他了？

可可可……可她刚刚还给了他一巴掌。

一想到这儿，康宁哭得更厉害了：“母……母妃，康宁错了……以后，以后再也不看话本子了。”

那一日，康宁在淑贵妃怀里哭得几乎昏厥。

又过了三十天，章景行和章承瀚回来了。

回来后，章承瀚将所有御医都叫到了乾明宫。乾明宫大门紧闭，不许任何人随意进出。

康宁只知道，父皇到达西部边境后，直接率兵突袭西蛮九族，当天就砍下了族长的头颅，用了十三日，灭了九个族。

自此，西部边境，就只剩下未联盟的西鲁一个族了。

五日之后，乾明宫的大门打开，所有人像什么都没发生过一样，面色平静地离开皇宫。康宁跟着淑贵妃去拜见时，父皇正在练字。

见她们来了，章景行还出奇地问了康宁怎么瘦了。

康宁暗自观察了一下父皇，并没有病态和不舒服的地方。又想起太医说陛下无碍，只是路途奔波，休养几日便好，于是便安下心来。

父皇说，太子妃之位已经有了人选，是榆林陈氏的嫡幼女，名唤华婉，芳龄十二。

榆林陈氏，康宁低头想了一下，那是母妃母族的一个旁支。听说是富甲一方，在塞外有很高的名望。

不出三日，康宁就见着了这个小姑娘，小小的一个人儿，穿着桃粉色的裙子跟在章承瀚身后，左看看右看看，似是对什么都好奇。

走近了，那女孩规矩了一些，朝她们盈盈一拜，声音好听得像是百灵鸟一般。

康宁看见父皇的眼睛里似乎有泪水，望向陈华婉久久也没说话，但又好像是在透过她看另一个人。

父皇说："待她及笄，就做太子妃吧。算起来她还是淑贵妃的侄女，这三年先待在玲珑阁，好生照顾着。"

末了，父皇添了一句："若是想回家了，就回去看看。"

之后，玲珑阁就多了个像百灵鸟一样的小姑娘。康宁喜欢极了，每日都和她一起玩，带她走遍宫里的每一个角落。

好几次都能遇到章承瀚和祝容，陈华婉高高兴兴地上前打招呼。康宁只是在一旁站着，笑着不说话。

就这样待了几个月，今年的新年，东月国和南国派皇子前来朝贡。

淑贵妃与康宁居于上座，百官居于下位。隔着幕帘，康宁时不时往下看，还不忘和陈华婉说，这舞女的舞姿好看极了。

陈华婉笑着点头，捧着梅花酥吃个不停。

——不拆穿她，舞女可不是在她看的那个方向。

宴会期间，南国二皇子送上贺礼，说完贺词，话题一转，直言想要迎娶贵国公主。

惊得陈华婉梅花酥都噎在了嗓子里，康宁赶紧给她顺气。她问康宁认识那个皇子吗？康宁摇头。

陈华婉皱眉，一脸凝重地说："不认识怎么能来求亲呢？只有两情相悦，才能在一起的呀。"

"你也觉得，两个人只有两情相悦，才能在一起是吗？"

"那当然啦。"

"若是一个人爱慕着另一人，但那人却不曾动过心，该如何？"

这个问题好像难倒了陈华婉，她思考了许久才说："那就让那人喜欢上自己，再在一起吧。"

"那若是一直喜欢不上呢？"

"那就别再执着了，不能在他一棵树上吊死呀。"

康宁点点头，不自觉地看了一眼台下。

大臣的座位，是按照品阶高低来定的，他是从一品的都察院御史，是第二个位置……

那人稳坐于位，不见丝毫波动。怪不得宫女们总说，祝容大人温文尔雅，气定神闲，

没见过他有慌张的时候，仿佛什么事在祝容大人这里都不是事了，不动怒，不着急，不开怀。

这一晚上，康宁不知道自己怎么过去的，她一直在想自己这些年，从那日大雪见到祝容的第一眼，眼睛里就没了别人。

她一直觉得，自己贵为公主，还是大启唯一的公主，如此身份，自然是配得上他的。

自幼接受女官的教导，师从太子太保，不说学识渊博，也是博览群书，才情也配得上他。

相貌也能配得上。

不曾责罚宫人，性子温和也配得上。

康宁一直以为自己可以嫁给他。

可她错了。

那日母妃蹲在她面前，问她真的想嫁给祝容吗？即使舍弃他所有仕途，舍弃他一身抱负，也要嫁给他吗？

她想了一下午，终于想明白了母妃的意思。

祝家是靠着祝容一人拼出了一条康庄大道，他是举世难得的奇

才，他有他的抱负与志向，有宏大而热烈的报国之情。他少年成才，定国策举国赞扬，治水患万民感恩，文能治国平天下，武能沙场点兵，天下人都将目光放到他身上。

这样的人，若是要娶她，定要弃了一身宏图，舍了天下人的盼望，委身于京城之中，安上驸马的虚名。

所有人都会因为他的驸马身份，对他阿谀奉承，天下人也会斥责他是一个贪图富贵的小人。

若她还明目张胆地追求他，毫不掩饰地告诉所有人她爱慕着他，任性地让父皇下旨五年不许他娶别人为妻——

他该如何前进?

她这轰轰烈烈的三年，到头来只是感动了自己一个人。

所以那一夜想通后，康宁在淑贵妃怀里哭得几乎昏厥。

自那夜过后，她便避开祝容。

第二日，康宁就发烧了。

病情来势汹汹，她起来吃了个早饭，一会儿就倒了下去，吓得淑贵妃急忙请来太医。

康宁病得晕晕乎乎的，一直想着自己不能和祝容在一起了，心里难受极了，眼泪扑簌簌地往下掉，死死抓着淑贵妃的衣角，摇头说自己不想嫁给祝容，自己一点也不喜欢他。

过了一会儿，又哭着说自己不想嫁给那个二皇子，他长得没有祝容好看，宁儿不嫁。

淑贵妃柔声哄着，疼惜地替她擦掉眼泪。

真是个小哭包。

康宁病好之后，两国的皇子已经离开，不再提娶亲一事。

康宁和以往一样，领着陈华婉偶尔去给父皇请安，没事的时候就和宫女们玩成一团。

倒是很少能有机会看见章承瀚，他越来越忙，每次都是去拜见章景行的时候，看见他在一旁批阅奏折。

日子就这样一天天过去，宫里落了雪，康宁把陈华婉穿得严严实实的，带着她去看太监们扫雪，捏了个雪球，冻得手冰凉。康宁使坏地把手放到陈华婉的脖子上，冷得她直抽气。

两个人就这样闹了起来，康宁团了个雪球扔到陈华婉身上，余光看见不远处，站了一抹靛蓝。

“臣祝容拜见公主殿下。”

一切都好像回到了四年前那个冬天，她转身看见一身靛蓝眉目如画的他，安静地站在那里，向她行礼。

“祝大人可是又迷了路？”康宁移开目光，随手指了个太监让他带祝容离开。

“公主和臣说，滴水之恩当涌泉相报，四年前公主送臣出宫的恩，臣还未报。”

“公主那日掌掴臣，臣百思不得其解，想是哪里得罪了公主，”祝容顿了顿，低头笑了笑继续道，“所以臣愿用一生，换公主的一句原谅。不知公主，可愿给臣这个机会？”

天上应景地落起大雪，漫天飞舞的雪花挡在两人中间。康宁愣在原地，望着他，过了良久才开口道：“你可知道，说了这些话，你的仕途抱负，荣华富贵，可全都没有了。我不是非你不嫁的，你不必委屈自己对我说这些话。”

“可臣，是非公主不娶的。”祝容走到康宁面前，低头直视着她的眼睛，目光温柔而坚定。他缓声道：“臣祝容，表字尚禾，正一品大司马，家中父母俱在，无兄弟姐妹，品行端良。今欲娶公主为妻，永结同好，不欺不骗，呵护一生。”

康宁愣了好久，额头被弹了一下才回过神，对上祝容笑意盈盈的眼睛：“哦……哦，你又晋升了啊，真快。”

“公主愿意嫁给臣吗？”祝容不依不饶地问。

“这种事是要问过父皇和母妃的，我做不了主……”康宁震惊地看着祝容手中明晃晃的圣旨，“这……这不会是赐婚的旨意吧？”

见祝容点头，康宁急了：“那你的仕途呢？不要了？你的宏图伟志怎么办呢？”

“这河清海晏的盛世，我能有什么宏图伟志？”

康宁：“？？？”

“本就无心做官，当时年幼看了许多定国安邦的文章，热血沸腾，想着自己也写一份。写完之后又不想要了，被表哥拿去当了作业，这才被世人知晓。”

康宁：“？？？”

“陛下说，治好江南水患，赏黄金五百两，臣才去的，回来之后只给了三百两，臣又不敢说。这剩下的两百两，公主给臣补上可好？”

康宁：“那……那你为何如此努力晋升？还跑去当军师？”

“这种必胜的仗，回来之后是有奖赏的，太子年幼，陛下派臣去看着太子。”

祝容避过了康宁的第一个问题。他不会和康宁说，那日他迷茫地走在皇宫，她突然出现在自己视线中，小小的一个，笑容那么灿烂，他在后面看得入了迷。

可他当时只是一个通州巡抚，身份低微，自知配不上她。他一路走来，皇帝问他想要什么赏赐，他都说晋升。

那日她在他嘴角盖下的一个吻，足足让他脸红了一整天。而他一睁眼，只能看见仓皇逃走的粉色身影。

他那日就下定了决心，娶她。

足足用了四年半的时间，他坐上了大司马的位子，终于有身份求娶公主，今日受封大司马，他向陛下请求以所有官职换一个驸马身份。

在乾明宫跪了一个时辰，才求得皇帝的准允。

那一刻的欣喜，他多想同她分享。

红豆生南国，春来发几枝？愿君多采撷，此物最相思。

她对着他念的时候，他若不赶紧离开，就真的忍不住将她拥入怀中。

堂堂一个公主，怎么能当众对一个男子念情诗？！

可嘴角的笑意，却怎么也藏不住。

本是不该由他告诉她，可看见她的第一眼，他再也忍不住，只有他自己知晓，他是用了多大意念才克制自己想要抱住她的冲动；只有他自己知晓，他同她说那些话时，心脏在胸膛怦怦地跳，剧烈得仿佛要跳出来了。

康宁一直到回宫接到圣旨都没有缓过神来，这么多年的愿望这么快就达成了？

“贵妃娘娘，她不会是傻了吧？”

“我看像，乐傻了。”

“那祝大人能同意娶个傻子回家吗？”

“圣旨都下了，由不得他反悔。”

“我怎么看着您这么高兴呢？”

“养了这么多年的白菜，终于有猪拱了，我能不开心吗？”

康宁听得忍无可忍：“陈依依，陈华婉，你俩当我是聋子吗？”

然后，康宁就被淑贵妃拧着耳朵教训了一通。

公主大嫁，办得是风风光光，章景行赐了康宁公主府，规格比先前的公主府邸大了许多。

新婚当夜，康宁抓着祝容的衣襟威胁他不许反悔，不许纳妾，不许去青楼那种地方。

祝容笑着亲了亲她的嘴角，声音温柔得能腻死人：“臣遵命。”

婚后，康宁还是时不时就往宫里跑，看看母妃，看看陈华婉，看看章承瀚。

景辉三十九年秋，康宁生下一个小女娃，取名之瑶。

景辉四十一年春，之瑶跑入凤栖宫。康宁前去寻找，看见后院有成片的桂花林，郁郁葱葱的叶子。

同年夏，德坤宫起火，后风向大变，殃及凤栖宫。皇帝弃了早朝派人救火，可大火还是烧尽了整座宫宇。

皇帝自此一病不起。

康宁进宫时，皇帝正坐在凤栖宫后院的贵妃榻上，怀中抱着两个木盒，旁边放着一盘桂花酥，沉默地看着被烧毁的树枝，见她来了也不做任何反应。

过了一会儿，章承瀚也来了，章景行终于有了点反应，望着他笑了笑。康宁突然发觉父皇老了，两鬓已经有了白发，声音也有些沙哑，章景行说：“朕要去找你母后了，这几年对你不好，她该生我气了。

“宛儿……朕好想你。”

康宁跪在地上，听着全公公在一旁声音颤抖着喊道：“陛下驾崩了！”

康宁拿起木盒，盒上的花纹早已被摸得看不清楚，盒中是一缕被红绳系起的头发，还有一张发黄的合婚庚帖。

永结同好，护卿长宁。君子一言，驷马难追。

君子一言，驷马难追。

康宁想起那年中元节，她在凤栖宫看见满屋子的皇后画像，书房堆了一箱又一箱簪花小楷的佛经，书桌上的纸，写满了这八个字。

当时她不懂，父皇的字明明那么好看，为何会仿着别人的字来写。她还问母妃，这八个字是谁写的。

那是对一个人的承诺，真真切切的，被人虔诚供奉着的承诺。

康宁以前一直觉得，父皇是没有感情的，她长这么大，见到父皇笑的次数用一只手都能数得过来。可母妃说，父皇笑起来是极好看的，眼睛里就像有星星一样，望着皇后娘娘的时候，温柔得像是对待世间的至宝。

可是后来，父皇眼里的星星陨落了，从那之后，他就不怎么笑了。

他是把所有的感情都倾注到了皇后娘娘身上，用尽浑身的力气去爱她。这爱彻彻底底只给了一个人，别人永远无法再分一杯羹。

父皇死后，母妃镇定地主持葬礼，章承瀚继承皇位，改国号德盛。

册榆林陈氏嫡幼女陈华婉为后，册封大典三年国丧后举行。

淑贵妃成了太妃，康宁从公主变成了长公主。

德盛二年夏，皇后诞下嫡子，单字湛。

赵大小姐进宫看过皇长子之后，在家中服毒自尽。临死前换上了少女时淡橘色的长裙，脖子上戴着一只翠绿的哨。

康宁进宫看望母妃时，将赵姨母那日前来托她交给母妃的信也顺便带了去。

母妃拿着信还没拆开，就红了眼眶，说这信不该由她看的。

康宁知道，赵姨母是想将信交给那日在赵府门口见到的陈家舅舅。可陈家舅舅在赵姨母自尽当天，抱着她的尸身去了郊外的湖畔安葬，随后自己也服毒自尽了。

悲伤的气氛被新年的喜气渐渐冲散，在新年当夜，康宁与皇后同时生产，都是女儿。

二公主取名尔念，小郡主取名之瑾。

德盛六年，皇后生下三皇子，取名单字洵。

德盛八年，康宁生下小郡王，取名泽逸。

德盛十三年春，淑太妃五十岁生辰，康宁带着三个孩子进宫贺寿。

一天的嘈杂过后，六个孩子玩得累了，天没黑就睡了。留下康宁和祝容，以及帝后四人陪着淑太妃。

五个人说说笑笑中，有宫女上了一盘桂花酥。淑太妃拿起一块递给皇后，笑眯眯地说："宛儿快吃，你最喜欢桂花酥了，趁着陛下不在，赶紧多吃些。"

陈华婉愣了一下，接过桂花酥笑着点头。

康宁在一旁泪如雨下。

又过了几日，淑太妃病重，太医说是她自己没有活下去的心思了。

康宁日日守在身边，淑太妃时而清醒时而糊涂，糊涂时总将帝后认成先帝和先皇后，同他们说话，要他们好好的别吵架，要永远在一起。

淑太妃临终之前倒是十分清醒，她拉着康宁的手温柔地看着她说："都是三个孩子的娘了，怎么还这么爱哭鼻子？"

康宁哭着求她别离开，几度哽咽得说不出话来，祝容抱着康宁默默的，不说话。

淑太妃和康宁说，她现在哭的样子像极了太皇太后离世那日，先皇后的样子。

先皇后也是个爱哭的性子，那日因扯着伤口，疼得哭了一个时辰。

"赵宛儿这个人惯会装傻，她哪儿是疼哭的，分明是起来看不到长姐，才用了这么个理由哭。"

她以为她瞒过了所有人，可她一个人都没瞒过。淑太妃笑着说这句话的时候，眼中是点点的心疼。

淑太妃和康宁说了很多话，都是关于先皇后和先帝的。

末了，她声音渐渐小下去，也带上了哭腔。

“我知道宛儿升我位分，是想补偿我失去那个孩子的痛，还把你送到我身边。她那样善良的人，让我怎么和她争先帝呢。

“我陈家一心事主，可陛下他防着我，防了我一辈子，从不曾信过我。”

淑太妃盯着窗外许久，无声地笑了，好像看见了什么美好的画面。

“那日他映着桃花踏着所有人的请安声而来，暴怒地杖毙了所有宫人，我真的以为他是为了我，可那只是我以为。

“是爱过的……一直都爱着。”

康宁趴在祝容怀里，泣不成声。

番外 长姐

吾爱陈郎：

我们这一生兜兜转转，还是没能在一起，即便早就预知了结局，心中还是会有遗憾。

你我年少订婚，多少美好温柔的回忆里都有你，我已经很满足了。

那年得知你离开陈家，只为终身不娶，我心中既幸福又难过。

得此一人，终身无憾。

可我还是舍弃不了我的父兄幺妹。

长兄战死的消息传至家中，我几乎是不信的。

我就总想着他还没有死，只是去了一个地方，和他喜欢的西鲁小公主快快乐乐地生活在一起了。可是我又真切地明白，像他这样一个抱有家国大义的人，若是还活着，不可能置赵家于不顾。

我那么了解我的哥哥，以至于骗都骗不过自己。

还有我那幺妹，自幼被我送入宫中，一点点个小人儿哭着喊着求我别丢下她，可就那一次，等我来年再次入宫时，却再也看不见她的眼泪。

如今她的孩儿已经登基，还找到了钟爱之人，先帝为他开创了前所未有的繁荣盛世，铲除了威胁皇位的一切隐患。是到该尘埃落定的时候了，我也要去和我那妹妹说说，她的孩子有多么优秀。

你对我的情义，我一直是知晓的，与你承诺下一世，愿不再有悲伤，与你执手一生，恩爱和鸣。

若婳绝笔

章景行抱着赵宛儿很久，久到怀里的身体慢慢变冷。他发了疯似的将身上的狐裘脱下来盖在她身上，颤抖着问她冷不冷，却没有得到回答。

“去搬个暖炉过来。”

“陛下……”德全跪在一边，周围所有的宫人都跪在地上，“皇后娘娘去了……陛下节哀！”

“没有！她没有！”章景行大吼道，“皇后冷了，去把暖炉搬过来。

“我的宛儿怎么会死呢？不可能不可能！”

丧钟一下又一下地敲着，直至最后一下结束，仿佛抽走了他所有的力气。

有宫人来说要给皇后穿寿服了，章景行摇头，抱着赵宛儿不撒手。

这样僵持到半夜，德全一咬牙，让他们拉开皇帝。

“朕不许你们碰她，放开朕！”章景行被侍卫们死死拉住，眼睁睁地看着她被带走，像一只暴怒的狮子，声音吼得沙哑，“朕要把你们都杀了，全都杀了！”

“陛下！”芝蓉跪在章景行面前，泪如雨下，“您让娘娘去得安心些吧。”

章景行蓦地停住动作，侍卫们放开他，跪在地上。

章景行看了看跪了一片的人，她最不喜别人跪的……

“都给朕滚。”

章景行疲惫地走入屋内，躺在床上，这里依稀还存留着她的气息。昨日她还在这儿靠着，望向窗外不知道在想什么。

章景行觉得自己仿佛只是做了个梦，梦里宛儿离开了他。可宛儿那么喜欢他，她怎么会舍得呢？

她定是舍不得的，她只是出宫了，像上次一样，她不想再穿漂亮衣服，她想家人了，所以出宫住几天。

他就在这里等着她，等她回来，就在这里等着她。

自此，章景行处理完朝政，就到凤栖宫画画。他的宛儿，他闭上眼睛全是她的模样，他将她画得漂漂亮亮的，等她回来看见，定会高兴。

德全说，若是思念皇后娘娘，就去种一棵树吧，等桂树开了花，皇后娘娘就回来了。

他点头，觉得德全的法子好用，重赏了德全。

于是，一想起她，他就会去种一棵桂树，不知不觉间，竟然成了一片林。

他总爱让人搬个桌子去，自己就在桂树林中抄抄佛经。他以前经常帮她抄佛经的——她总是写着写着就睡着了，他也只好将她抱回床上，仿着她的字迹替她抄好。

也想过不帮她了，让她被母后责罚一顿，但终究还是舍不得，她泪眼汪汪的可怜模样，总能让他心软。

祝容带来西蛮的投降书时，章景行觉得那首领实在可恶。虽说他们起兵是自己暗中派人挑拨，但害赵成邺战死的，也的确是他们西蛮的军队。

章景行策马前去边疆的路上，心中只有一个念头：要帮宛儿报这杀兄之仇。

所以，当西蛮的首领跪在他面前，求他饶过族人时，他眼睛都不眨一下地砍下了那首领的头。

“灭族。”

他饶过西蛮的族人，谁来饶过他呢？

他们杀死了他心爱的女人唯一的兄长，让他的宛儿只敢在半夜无人时看着哥哥给她的哨子悄悄哭的时候，想过要放过他吗？

他将剑刺入一个西蛮人的身体后，看见有剑向章承瀚刺来，他想也没想就挡在章承瀚身前。他突然想起好多年前，自己还是少年模样，宛儿挡在他面前，剑刺入她体内的时候，他的心都快碎了。

他怕急了，怕宛儿就这样离开他，所以当他得知她醒来的消息，早朝都不顾就跑了回去。

多么感谢啊，她没有丢下他。

回宫那日，他和太医说，再给他延长五年的寿命就行了，只要这五年让他看起来与常人无异。

于是，他用了这些时间，给康宁赐婚。当祝容跪在他面前，愿以一身荣耀前程，换康宁一人时，他想了许久，还是点头允许。

因为他觉得，若是宛儿在这儿，定会笑眯眯地和他说，康宁能找到一个这么喜欢她的人，往后的日子肯定会开心啊。

他的宛儿笑起来可好看了，眼睛弯弯的像月牙一样。

章承瀚领着陈家姑娘进宫时，他仿佛看见了曾经的自己和宛儿，任意穿梭在宫中所有地方，宛儿在一边左看看右看看，他的视线则一直停留在她身上。

章承瀚曾和他说，他会倾他所有，换陈家姑娘安好无虞。

语气坚定得让他想起自己也曾这样向宛儿承诺过。

过了良久，他笑着和章承瀚说："你母后说过，'君子一言，驷马难追'。你既已说了这些话，若是做不到，定会陷入万劫不复之地。"

桂花林被烧的前一天晚上，他梦到了宛儿。

这是自她离开后，第一次入梦，还是少女时的模样，披着白色的狐裘，笑着和他说："咱俩站在一起，就像黑白无常一样。"

他也笑，轻轻将她揽入怀中，和她说他很想她，很想很想。

她笑着点头，告诉他她知道，所以她来接他了。

让他带好他们的合婚庚帖，带上她最爱吃的桂花酥。

她说，这么多年扔下他一个人，他辛苦了，往后的路，她陪着他一起走。

所以，当凤栖宫被烧的时候，他并没有特别惊慌，他冲入火海将书房里的合婚庚帖抢出，耳边是德全慌张的喊声。

跑出去之前，他回头看了一眼，书桌上的纸，还剩八个字没有烧尽。

君子一言，驷马难追。

后来，他病了几日，也终于明白宛儿离世之前，赵若婳说的，她是自己不想活了的意思。

他也不想活了，他的宛儿还在等他。

他已经拿好了合婚庚帖，带上了她最喜欢的桂花酥。

他终于可以去找她了。

他好想她。

永结同好，护卿长宁。君子一言，驷马难追。

只愿下一世，在雪地里领回宛儿后，紧紧握住她的手，再也不分开。

章景清陪陈骐江去赵府的时候正巧落了雪，他俩也没让下人撑伞，轻车熟路地就进府了。

刚一进来，还没到主厅，怀里就撞进一个粉嫩的小团子。章景清低头一看，是一个粉雕玉琢的小女娃，还没到自己的大腿，脸上还挂着几滴泪。

真是可爱。

“赵宛儿，你给我吃饭！”

那小女娃赶紧躲在章景清身后，果然，不一会儿就看见赵若婳气势汹汹地走了过来，见着他俩也没好气地见礼：“拜见怀安郡王！”

“来，让我看看，我们宛儿又长高了。”陈骐江一把将女娃娃举起来抱在怀里，宠溺地看了眼赵若婳，“阿若好大的脾气。”

章景清在回京之前就听说，他离开的这三年，赵府得了个女娃娃，闹腾得紧。

“你们两个大忙人，今天还能有空来赵府？”赵若婳领着章景清两人进门，拿了块桂花酥喂给陈骐江怀里的小人儿。

“什么事能比赵大小姐的生辰还重要呢。”章景清看着陈骐江拿出早就准备好的盒子递上前，一脸讨好的笑，内心鄙视不已。回头撞见赵若婳正眯着眼看自己，他心中一惊，立刻将自己的礼物奉上，附和道：“是是是，为了赶上赵大小姐的生辰，累倒了三匹马。”

皇帝长子章景清，陈家嫡长子陈骐江，赵家嫡女赵若婳，是京城有名的铁三角。

章景清自小就知道父皇有意将赵家的女儿嫁给他，他与赵若婳早陈骐江一年相识，两人本都是以成亲为目的接触，不知怎么竟然处成了朋友。

转过年认识了陈骐江，赵若婳与他一见钟情，章景清也乐得继续做他们的朋友。

这一做，就是十年。

再过一年，等赵若婳及笄，他们两人就该成亲了。

感觉到有人在扯自己的衣裳，章景清低头看了看，原本在陈骐江怀里的小女娃，不知何时站到了自己面前，捧着一把雪，奶声奶气地说："姐姐，抱。"

姐姐？

章景清只觉孩子太小，分不清人，便伸手抱起了她。刚放到自己腿上，脖子里就被塞进了一团雪。

这小女娃……

章景清一挑眉，将雪从衣领中拿出，放到女娃娃的头上。

登时，就是惊天动地的哭声。

章景清赶紧将雪拍落，无措地看着赵若婳，后者看戏一样笑着，丝毫没有帮他的意思。

章景清只有一个弟弟，从小和自己不亲，对孩子这方面委实没有经验，只能轻轻抱着女娃娃，声音尽量放得温柔："我错了，我错了，不哭，你别哭。"

"姐姐声音好粗。"那女娃娃往章景清怀里拱了拱，抽抽噎噎地说着，鼻涕抹了章景清一身。

真是不认生，眼神也不好使。

赵宛儿和章景清的第一次见面，就以章景清弄哭赵宛儿，赵宛儿蹭章景清一身鼻涕结束。

章景清回京，铁三角见面的次数又和三年前一样多，只是每每都多了个爱哭的小女娃。

赵母身子不好，赵父驻守边疆，赵家嫡子整日军营操练，这照顾赵宛儿的事，自然就落在身为长姐的赵若婳身上。好在赵宛儿虽然爱哭，但不闯祸，赵若婳也乐意带着她。

“太后还防着你呢？”挑了不下雪的一日，三人约着出来听曲儿，小二上完菜，陈骐江问章景清。

章景清点点头，夹了块肉递到怀里的女娃娃嘴边，无奈地笑笑。

自八年前先帝驾崩，太后抱着当今陛下登基，就一直防着他。先帝有过很多孩子，但是活下来的，也就只有他与陛下。两人相差八岁，从陛下登基到现在，朝中立他为帝的呼声也渐渐减少，但让他做摄政王的声音倒是越来越多。

“谁乐意做狗屁摄政王。”章景清低声骂了一句，又夹了块肉给女娃娃。

本是大逆不道的话，两个人听了也没什么反应，似是早已习惯。

“阿清不要再喂肉了，宛儿也想吃些别的。”

章景清失笑，夹了青菜给她。不知为何，赵若婳这个妹妹很是喜欢自己，天天缠着自己叫姐姐，纠正了许久，她竟跟着赵若婳叫他阿清。

一个小娃娃，章景清也不和她计较。

坐了没多久，有人敲门进来悄声告诉章景清，太后派人去了郡王府。

“我要走了。”章景清将女娃娃放到赵若婳怀里，见她还不放手，便温柔地哄着。女娃娃死死抓着他的衣领摇头，眼看着就要哭了，章景清赶紧抱起她："晚些把她给你送回赵府。"

于是，章景清抱着赵宛儿坐上马车回城南的郡王府。

马车摇摇晃晃，赵宛儿就这么在自己怀里睡着了，下车后章景清将他交给奶母。

太后也没什么事，就说章景清也老大不小了，该娶个王妃去自己的封地，守一处安宁。

说白了，就是怕他在京中有什么预谋，赶紧把他赶到封地，再派个女人监视他。

章景清思量了一会儿，微笑着说："麻烦公公前去回禀太后她老人家，不是本王不走，着实是父皇不让，下了圣旨让本王必须待到陛下弱冠。"

唉，这都什么事。

九年前，自己在郡王府待得好好的，忽然被叫进宫里，这可真是稀奇。自己这个从不受宠、存在感为零的皇子，还能有一天单独面圣。

父皇表情凝重地让他务必等到皇弟弱冠才能去自己的封地，还说要给他下个圣旨，说完后第二天晚上就驾崩了。

可……先帝不让他把圣旨拿出来。

但当爹的话儿子不敢不听，九年都熬过去了，再熬个十一年吧。

他也没什么远大的志向，在京城待着与去往封地没什么两样。

但是朝堂立他为摄政王的声音实在是越来越多，他这个都没上过几次朝的人，真不知那些老头是怎么想的。

章景清只能挨个拜访他们的府邸，动之以情晓之以理地让他们打消这个念头，但效果甚微。

渐渐地，竟然有了怀安郡王结党营私的说法。

听到这个消息的时候，章景清正在陪赵宛儿放风筝，气得他直接松了绳子，惹得赵宛儿大哭，又急忙哄着。

他算是看明白了，自他回京到现在，赵若婳天天和陈骐江腻在一起，妹妹就扔给自己。他好歹是个郡王，天天给人带孩子算怎么回事。

这话说给赵若婳听的时候，赵若婳美目斜了他一眼，原话说："你本就该娶我们赵家一个女儿，我是不可能了。你就把小宛儿当媳妇养着，将来还要尊称我一声长姐，是吧？未来妹夫。"

"这说的什么话？她若早生十年或许还有可能。"

章景清看着一边睡得呼呼的小娃娃，到她及笄还有十一年，正好自己能离京。到时便天高水远，也不会再有人猜忌他。

可这么爱哭的小女娃要是早生十年，跟着自己去了封地，眼泪淹了百姓可怎么办。后来的两年过得比较艰难，太后总不相信他无意皇位，处处防着他，出门也要好几个人跟着。

边关战事吃紧，朝中党羽纷争，赵若婳与陈骐江的婚事一拖再拖。

到景辉十年，西蛮发了兵，边关无粮草储备。章景清自请前去运送粮草，他想着自己立个功，太后的戒心说不定就放下了。

等他送完粮草回来，京城都下雪了，章景清进宫述职后就去了赵府。

赵宛儿看到他就"阿清阿清"地叫着扑到他的怀里，他抱了抱，嗯，沉了。

陪她打了一会儿雪仗，她就说困了，要睡午觉，等明日再陪他打。

这个小女娃，不仅吃得多，睡得还久……也不知赵若婳是养了个妹妹，还是养了个小猪。

单调沉闷的日子里突然多了个小孩子，章景清觉得这些年的事也不是那么闹心了。

那天之后朝局动荡，章景清为着避嫌许久不去赵府和陈府，也不理会外界的事情，只是日日在郡王府写诗作画，活脱脱一个闲散王爷的作风。

忍过了炎热的夏日，初秋的夜晚着实凉快许多。章景清本想小酌一杯，陈骐江一身酒气不顾别人阻拦地闯入了郡王府。

他无法娶到自己心爱的女人了。

陈骐江在他这里喝得醉醺醺的，把着他的肩膀求他一定不要造反。

他从无反心，太后不信他，他的兄弟竟也不敢全信。

他的身份摆在这儿，就是一个威胁。

章景清看着他，心下有些惘然。

第二日陈骐江起来，和平时一样在郡王府吃过早饭。临走前和章景清说，往后保重。

章景清笑着让他快走，假装没看见挚友关切的目光。

景辉十年秋，太后以皇帝之名连下三道圣旨。

第一道，命驻扎西部边境的赵家军五年之内击退西蛮军队。

第二道，宣赵家幼女于景辉十一年春进宫陪伴太后左右，做皇帝伴读。

第三道，以结党营私之疑敕令怀安郡王禁足郡王府三年。

章景清得了这个圣旨时，第一个反应竟然是冬天无法陪赵家女娃娃打雪仗了。

京中局势变了，铁三角也这样散了。

章景清明白太后的意思，匹夫无罪，怀璧其罪。

即使他千方百计地证明自己绝无造反之心，但只要他是先帝之子，有皇家血统，能威胁到陛下的统治，他就是有罪的。

他总想着，再熬一熬，熬到景辉二十年，他把圣旨一亮，求个闲散王爷，太后自然就相信他了。

三年很快过去，他再出府，一切都仿佛没有变过。

去茶楼听曲时，碰到了赵若婳，她还是一个人。章景清自顾自地从她身边走过，一个眼神也没有给。

他看见了，不远处一直向赵若婳这边瞧着的人，他小的时候见过，是皇宫的禁军。

不用想也知道，他们被监视了。

陈家，赵家，郡王府。

章景清突然有些厌恶这种猜忌和质疑。

陈骐江被逐出陈家时，章景清在二楼雅间等他，他好像没事人一样如约而至。

这是两人四年来的第一次见面。

“这下，终于不用互相装作不认识了。”陈骐江一进来就灌了口茶水，大笑着说，“身处高位如此猜忌多疑，只会让臣子寒心。”

章景清打了他一下让他闭嘴，小心隔墙有耳。

“都避四年了，还不让我和你说话？”陈骐江瞪他一眼，闭了嘴。

章景清问他以后有何打算，陈骐江耸耸肩，满不在乎地回答肯定留在京城。

赵若婳还在京中。

章景清和他碰了杯酒，一饮而尽。

章景清游走于众位大臣间两年，杀死了四个煽风点火包藏祸心的高官。

陈骐江留在京城，暗中护着赵若婳，替她挡下了数次刺杀。

赵家男子在外抗敌，若是家中女子出事，赵家军定会大乱。

景辉十九年冬，赵成邺战死的消息传入京城，章景清和陈骐江一同赶去赵府，正碰上赵若婳要进宫拜见太后。她苍白着一张脸，被贴身侍女扶着上马车，见着他们两个人，瞬间红了眼眶，声音颤抖沙哑，说了句章景清这辈子都不会忘记的话。

她说："赵家没了，我没有哥哥了。"

章景清两人在宫门口等到天黑，才看见赵若婳出来，这是这么多年赵若婳第一次主动和他们说话，她靠在陈骐江肩上哭得昏天黑地。

她说她在宫里瞧见宛儿了，因为被罚跪生了病，瘦瘦小小的一个人坐在偌大的宫殿里，不哭不闹，也不笑。

章景清的心突然抽着疼了一下，连着好几天都梦到还是许多年前，她缩在自己怀里说"宛儿也可以吃点别的"。

他觉得可惜，曾经那个无法无天的小鬼头，如今变成了这副模样。

他去过几次皇宫，卫兵都将他拦在宫门外。太后下令，怀安郡王无诏不得进入皇宫。

算着时间，就剩一年，还有一年，他就可以拿出圣旨，告诉太后他留在京城数年真的是因为先帝的命令，告诉太后他章景清绝无贼心。

还剩一年，他就能去到自己的封地，做他向往了快三十年的闲散王爷。可这一年发生了许多事，皇帝遇刺，受伤的是赵宛儿。太后将他叫进宫中，他想着该如何和太后解释不是自己所为时，太后笑了。

"哀家自然知道不是你做的。

"但哀家希望这是你做的。"

章景清眯眼捏碎了一只茶杯，拂袖离开。

太后不信他，自始至终，无论他做什么太后都会有顾忌。

这不怪她，她这一生都在维护皇权，眼看着要尘埃落定了，必然是一点隐患都留不得。

他能理解。

赵宛儿醒的那日，章景清去看过她，她迷迷糊糊地睁开眼看了他许久，说：“阿清。”

他将手指抵在她的唇上摇头，告诉她不能让别人知道她记得他，还和她说几个月后会来看她。

见她眼中有泪，章景清拿起一颗蜜饯放入她的口中说：“若这世道太平，若你早生十年，你会成为我的妻。”

他从没对宛儿有过任何非分的想法，只觉得若有一个像她这样张扬恣意的姑娘待在他身边，那他这索然无味的平淡生活或许能增添一丝光彩。

逼宫的前一日，他去找了陈骐江。这个人还日日守在赵府附近。喝了一夜的酒，两个人一摊烂泥一样倒在赵府门口，被赵若婳派人抬进府内，直接扔到了厢房。

夜深了，章景清睁开眼，点亮烛火静坐很久，起身去找纸笔，写了一句话觉得不好，又写一张，不知不觉都快天明了。

“没纸了。”蓦然一声，吓得章景清一惊，毁了一张纸，抬头看见陈骐江懒散地靠在床边看着自己。

“几时醒的？”

“从你开始写信就醒了。”

两人沉默良久，章景清说他今天要去造反了。

又是一阵沉默。

气氛太压抑，章景清低头笑了一下，故作轻松地说：“得了，别丧着脸，这次过后太后不会再怀疑我有异心了。

“等我去了封地，别忘了带着若婳来看我。”

陈骐江没答他，他们都知道，不会再有以后了。打开门，就看见泪流满面的赵若婳站在门口。

章景清张了张嘴终是没有说什么，走了几步停下来，扔下一句“保重”，便再次离开。

章景清带着兵闯入皇宫，眼前总是浮现一个小团子一样的粉色身影在附近乱窜，时而扑扑蝴蝶，时而放放风筝，脸上是明媚张扬的笑容。

等到他真正见到赵宛儿时，才发觉她已经出落得很漂亮了。

与上次不同，这次她穿着橘黄色衣裙静静地望着他。

她变得不似以前爱笑，那些无忧无虑的日子终究是逝去了。

他看见她眼中的不解，大概是在不解他为何会选择起兵。

八年不见，她越来越会演戏了，若不是她之前说出了他的名字，他都要误以为她真的不记得自己了。

她问他，是因为她长得好看才想娶她吗？

他点点头，突然想起她不满五岁那年，被他说了句小丑孩，哭了整整一夜，眼睛哭成了两个核桃。

从那之后，他总会说，我们宛儿真好看。

箭羽入体之时，他分明看见了她眼中的震惊和几乎要涌出眼眶的泪水，他将手指抵在唇上，对她摇摇头。

章景清觉得自己这一生实在是太无趣了，从小就是与世无争散漫随意的性子，不被父皇待见，母妃气他不去争。父皇死后，大臣们怒他不去夺。

上一辈那样惨烈的争位，最后只有他活了下来，可也只有他活下来。

众人说，三皇子是天人之姿，当立储君，他察觉到了父皇眼里的探究和怀疑。

他偷偷看过遗旨，原来不只太后想他死，连父皇也从来都不信他真的无心皇位，亮出圣旨之日，即是他被赐死之时。

父皇何苦瞒着他做这样的局？

他本就胸无大志，一愿百姓和乐，二愿自己活得舒心。

他为之努力过，付出过，辩解过，证明过，可到头来却只是竹篮打水一场空。

他一直不明白，那至尊的位置究竟有什么好的，那么多人要推着他往上走。

他只想做一个闲散王爷，守着自己的一块封地，找一个爱笑也爱哭的王妃，生一男一女两个孩子，平平淡淡地生活着。

陈骐江曾扬言要做陈家的一家之主，让陈家光宗耀祖，如今却被赶出家门，落得个无依无靠；若婳红着脸问他成亲那日她涂什么色的朱砂好看，她满心欢喜地等待着嫁给陈骐江的那一天，可后来亲自去陈府退了婚，撕毁了聘书；宛儿说她以后想仗剑江湖做一个惩恶扬善的女侠，可在宫里困了八年，把自己的心也困住了。

所有人都和以前不一样了。

还记得那一年他回京，雪地里一个粉色的小团子撞进他怀中，粉雕玉琢的脸上噙着泪，生生砸入他的内心。

是爱吗？肯定不是。

他这一生都在乏味中度过，从母妃和他说让他争权开始，他便觉得乏味极了。

只是突然闯进来这么个明媚的小姑娘，总归在京城无事可做，陪着她长大，倒也不错。

还记得皇帝问过他，隐姓埋名，以假死的方式离开大启，去做个平常人，愿意吗？

他笑了笑反问：“若我早些年看过圣旨，陛下信我不会反吗？”

皇帝沉默不言，他亦笑笑，谁也不能拿整个江山去做筹码。

他说："陛下，他处非故国啊。"

太后让他起兵造反，这或许是最好的结局了。

他其实很想问问太后可还记得，那是她还是皇后的时候，有一日他在御花园玩耍，不慎落了水，被她撞见差人救上了岸，她用手帕给他擦了脸，和他说初春水寒，回去要喝点姜汤，免得生了风寒。

她知道他是皇子，只是那时母妃并未显露自己的野心，并未对她有威胁，她也在做一个贤良淑德的皇后。

太后也曾待他好过，他都记着，只是世事难料，大家都被推着走，没有反悔的余地。

罢了。

没意思，当真是没意思。

既然无法让自己过得舒心，至少可以让百姓和乐。

若能以他一人之死，换在位者心安，算是值了。

只是心中总有些遗憾。

那年冬天，还没陪宛儿打雪仗呢。

番外 赵成邺

清明盛世，总需要一些人用鲜血铺路，以他们的牺牲换来百姓安康。

赵成邺自幼就被教导，将门之后，当忠肝义胆，先为国，后为家。

父亲时常不在家，他是戍边将军，一年也回不来几次。

每每回来，第一件事就是拉他去军营比武。赵成邺也从刚开始一招就被制伏，变成到后来能和父亲打成平手。

教他功夫的老师说，他天生就是个习武之才，虎父无犬子。

父亲听见这话时只是笑了笑，拍拍他的肩膀说了句“不错”。

这一年回京，父亲带着他们三人入宫贺新年，一个没留神就让若婳跑远了。

三四岁的小娃娃对什么都充满好奇，赵成邺找到她时，她正蹲在地上皱着眉头，不知在看什么。

赵成邺把她带回大厅，母亲问她手中拿的什么，若婳攥着金丝的酒樽奶声奶气地答道：“方才一个宫女姐姐身上掉下来的。”

大家都没在意，只觉得是小孩子贪玩，就随她去了。

可晚宴开始不久，若婳却突然腹痛难忍。

父亲急得无法，只能向陛下请罪，恕御前失仪，请了太医。

说是中毒，毒就在那酒樽中。

若婳觉得好看，用它喝水，同样的酒杯出现在了贵妃云氏的桌上。

龙颜震怒。

后宫的钩心斗角赵成郅向来都不关心，只知道事情平息之后，皇帝说若婳是个福娃娃，有将来让她娶进皇室的意思。

可母亲不乐意，她只想一家人安安稳稳的，给他找一个大户人家的嫡小姐，给若婳找一个门当户对性子温和的公子，凭娘家的势力，断不会让人欺负了去。

若是进了宫，父亲是将军又如何？无人能护她周全。

皇帝说，三皇子章景清品行端正、性子温良，是个好相处的。

母亲抱着若婳谢恩，只道她现在还小，还有十几年的光景，还不急着想这些。

若婳打了个哈欠，冲着赵成郅伸出手，要他把自己抱回房间睡觉。

在他怀里，若婳突然问："兄长，章景清是那个穿着锦白衣裳的哥哥吗？"

"你看见他了？"赵成郅捏了捏她的脸，见她点头又问，"那你喜欢他吗？"

"喜欢，"若婳笑得单纯，又噘了噘嘴说，"他说话很温柔，笑起来好看，但是若婳更喜欢兄长。"

赵成郅失笑，轻轻地哄她睡觉。

杯中毒性不大，若婳很快就好了起来，生病的这几日小脸都瘦了一圈。

三月三这天，若婳想出去放河灯，母亲觉得她身体刚好，外面又冷，不愿让她出去。看着她可怜兮兮地蹲在门口，赵成郅还是不忍心，把她裹得严严实实的就偷着抱她出去。

也就是这一次，若婳认识了陈骐江。

与陈家交好是母亲的意思，陈家是豪门世家，陈骐江是嫡出的少爷，和若婳最是般配不过。

母亲说这些时，赵成邺无奈地笑道：“再怎么般配，现在想来也太早了，母亲您之前不还说不急吗？”

“那是对陛下的说辞。”赵母瞪他一眼，嘴里嘟囔着，“你这个当兄长的都不上心，整天就知道练兵打仗，和你爹一个德行，自己妹妹的事都不管。”

父亲也瞅他一眼，扔了句“叫你多嘴”之后，就堆起笑容三步并作两步追上赵母，轻声安抚。

想到这些，赵成邺无奈地摇摇头，跟在两个小孩儿的后面。

若婳挑了盏兔子形状的河灯，找了一张大纸，让陈骐江帮自己写上愿望。

这小娃娃，到现在连自己的名字都写不清楚。

去年这事还是他做的，今年刚认识人家，立马就换人了，赵成邺有点不爽。

“我希望爹爹多回来几次，我能经常看见他。娘亲不要再咳嗽了，给我生一个小妹妹……”

赵若婳奶声奶气地说着，时不时地还看看，好像能看懂似的。

写完之后，陈骐江拿来给赵成邺看。

字很漂亮，不满十岁的孩子写的都比自己写的好看，赵成邺心虚地摸了摸鼻子。

“一愿国泰民安，百姓安乐；

二愿父母安康，身体无恙；

三愿兄长择一良人，相伴此生。”

若婳扯了扯赵成邺的衣角，小脸都皱在了一起：“兄长，我说了那么多，骐哥哥只写了一点点。”

赵成邺把纸叠好，放到河灯里，抱起若婳边往河边走，边说：“这些就够了，愿望太多，河神伯伯就不高兴了。”

三人玩到半夜才回家，方一进门就看见母亲冷着脸坐在中厅，赵成邺贴着墙蹑手蹑脚地走，若婳也很是懂事地捂住嘴巴不出声。

“少爷，夫人请您过去。”丫鬟拦住赵成邺的去路，伸出双手说，“奴婢带小姐回屋睡觉。”

“不要丢下我……”

赵成邺眼巴巴地看着丫鬟将若婳抱走。这没良心的小丫头，还冲他吐了吐舌头。

“去哪儿野了？”刚到中厅就听母亲如此说道，赵成邺立马笑道：“市集热闹，玩得久了些。”

“让你去柳树边看的姑娘呢？”

赵成邺一拍脑袋，才想起这茬儿来。

母亲同他说有媒人说亲，让他路过柳树边的时候去打个招呼。可他光顾着玩，倒是忘了这事，只能赔笑道：“儿子不急，下次再说吧。”

“人家贺府是与我们家最为门当户对的。”赵母有些气急，倏地站起身瞪了他一眼，“玉然那个姑娘我也见过，举手投足间都是大家闺秀的风范，配你还白瞎了！不识好歹！”

赵成邺叹了口气，又摇了摇头，母亲的脾气如此大，父亲如何受得了的。

这事就这么过去了，赵成邺还是每天都去兵营操练。

变故总在一瞬间，赵成邺只记得那天他练兵练得晚，回家时天已经黑了。他和母亲一同哄睡了若婳，刚一出门就听见宫里传来的钟声。

听着听着，两人就变了脸色。

家家户户亮起灯，登时百姓哀恸，哭声四起。

皇帝驾崩本该百官斋戒，可第二天，皇后就抱着小皇子坐上了皇位。

新帝登基，改年号为景辉。

赵成邺怎么也不敢相信，前一天早上云贵妃诞下皇子，皇帝龙颜大悦地大赦天下，到了晚上就传出贵妃大出血而亡，皇帝悲痛欲绝而死。

太后坐上皇位，朝中动荡，官员纷纷抵制。

太后拿出皇嗣玉牒，先帝笔迹清清楚楚地写着：云贵妃之子赐名景行，继皇后名下，为大启嫡子。

嫡子继承制。

皇帝驾崩，嫡子继承。

章景行是皇后名下唯一的儿子。

无人再说什么，但一妇人把持朝政，百官心中不满，欲拥立三皇子章景清为摄政王。

可章景清也才七岁。

不出十日，父亲从边境赶回，在百官怒怼太后之时，穿着战甲，拿着长枪，从宫门口一直喊到朝堂。

只喊一句：“正一品护国将军赵骁儒，参见陛下！”

赵将军带着沙场凛冽的寒风，战甲上还有残存的血迹，双手抱拳跪在大殿中央道：“老臣来迟，望太后和陛下恕罪！”

一句话，震慑住了虎视眈眈的官员。

手握二十万兵马大权的将军站在太后这一边，自然会使百官忌惮。

新帝登基对赵成邺的生活没什么太大影响，他依然每天赵府、军营两点一线。

只是随着年纪的增长，母亲越来越爱操心他的婚事，他不想听，便偶尔睡在军营不回去。

赵母为赵若婳找了宫里的老嬷嬷教她，赵成邺回来时她正在练习走路，他对老嬷嬷比了个噤声的手势，从后面一下子抱起她，吓得赵若婳大叫。

“哥哥，你快把我放下来。”

赵母听见声响让他进屋，拉着他道：“你也不小了，其他家的孩子到你这么大，早就成亲了，你可有喜欢的？同母亲说说。”

赵若婳从门口探出头来笑道：“哥哥在军营哪能遇到什么姑娘啊，母亲是不是看中了贺家的大姐姐，想让哥哥娶进来，给你做儿媳？”

“多嘴！”赵母瞪她一眼，轻声呵斥道，语气却不带严厉。

“贺家姐姐长得可好看啦。”赵若婳朝赵成邺吐吐舌头，偷笑道。

果然不出所料，以他母亲的速度，第三天就组织了一个踏雪寻梅的活动。

全京城都知赵成邺回来了，自然也知道其中目的，各家都带了适龄的儿女前去。

这竟成了一场大型的相亲会。

赵若婳领着自家哥哥找了好几圈，终于找到了贺玉然，刚想叫出声就被拦腰抱起。赵成邺捂住她的嘴，拎小鸡仔一样拎回母亲身边。

万万没想到，贺夫人正在同母亲说话。

“成邺，快过来向贺夫人问好，没规矩。”赵成邺刚想转身离开就被叫住。他回头笑了笑，走到母亲身边把赵若婳放下。

“贺夫人安。”

“几年不见，健朗了不少，看模样还是像将军多些。”贺夫人笑着看他，又看看一旁的若婳，欣喜道：“许久未见若婳小姐了，出落得真是水灵，让人一看就喜欢。”

贺夫人是个真心喜欢姑娘的，爱怜地摸了摸赵若婳的脸，从手上退了个镯子给她戴上。赵母见此急忙阻止，贺夫人嗔道：“我是喜爱这孩子，又不是给你的，莫要拂了我的面子。”

“多谢贺伯母！”赵若婳仰头笑眯眯地说道。

赵成邺到底还是见着了贺玉然。

他只是路过，就听见有人惊呼，转头看了一眼便飞奔过去接住差点摔倒的人。

那女子向他行礼道谢，声音轻轻柔柔地说：“多谢公子！”

“哥！”赵若婳跑过来，朝他招了招手，又客气地招呼道：“贺姐姐，你也在啊。”

她扯着赵成邺的袖子介绍道：“这是我哥。”

回去的路上赵若婳还在笑，说贺姐姐定是看上了哥哥，那脸可比梅花红多了。

赵母让她慎言，叫别人听见会坏了贺小姐的名声。

赵成邺自知再这么拖下去，母亲指不定哪天就会直接去人家家里下聘礼，于是在景辉四年，父亲问他可想去边疆，去看看大漠孤烟、看看塞外野狼、吹一吹西北寒风时，他果断答应了。

他重重点头，告别了母亲。

在去往西北的路上，父亲同他说：“你要记住，做臣子的，护的是这个国家，刀剑无情，可拿刀之人该是有情有义，侠肝义胆。”

大家出于赵父的缘故，喊他一声少将。

白日里，他和士兵们策马奔驰在广袤的草原，累了就席地而坐。西北的夜晚很冷，但大家围坐在火堆前，唱着军歌，大声笑着。

赵成邺觉得，他天生就属于这里。

家里来信说，母亲查出已有三月的身孕，他将消息告诉父亲时，父亲高兴地拉着他喝了三坛子酒。

景辉五年的新年，赵成邺返回京城，回去看自己最小的妹妹。

那么一个小奶娃，还没自己的胳膊长，躺在床上“咿咿呀呀”的话也不会说。若婳趴在旁边看她，像是见到了什么新奇的玩意儿。

“你出生时也这样。”赵成邺摸了摸赵若婳的脑袋，又啧了一声，“倒是没有你小时候好看。”

“哥哥，你胡说，”赵若婳把赵宛儿抱在怀里背对着他，“我们宛儿是全天下最好看的姑娘。”

宛儿这个名字是赵若婳给起的，她一直想要个妹妹，现在真的有了恨不得天天带在身边，哭了她哄，开心了她也跟着笑。

赵成邺在家里待了十多天就要启程回去，交代赵若婳好好照顾母亲和妹妹。

赵若婳点点头，带了些不耐烦道：“我知道啦，你都唠叨十多天了。”

离开前，他拿走了赵宛儿百天时太后赏的长命锁，说要自己留着，想家时就拿出来看看。

在西北待了三年，也打过几场仗，经历过前一天还在一起喝酒开怀大笑的兄弟，第二天被人抬回来，挖了个坑埋了。

父亲同他说，保家卫国，是每一个军人的使命，这不是痛苦，这是荣耀。

他们脚下踩着的，不是大启西北的疆土，而是开国二百年来，万千士兵的尸骨。

他们懂得这些，百姓更懂得这些。夏日暑热时，百姓会拿来家里种的果子，放在溪水里泡凉了给他们吃，冬天会拿出自己都舍不得用的棉花，做成衣服带给他们。

赵成邺很喜欢这里。

有一天带马儿去溪边喝水时，身后传来风响，赵成邺转了转手里的石头，猛地转身朝后面扔去，又趁那人不注意，飞身上树将其踹下来，拿着剑指向那人。

当他看清脸时，愣了一下，那人是个姑娘。

一身红衣，明亮的眼睛里满是愤怒，脖子上有一道划痕，流了几滴血。

“少将！少将快收剑，那是西鲁的公主！”一个副将急忙跑过来喊道。赵成邺收好剑，抱拳俯身，还没说话就被那人踹了一脚。

“你干吗把我扔下来？”西鲁公主不解气，又打了好几下，美目怒瞪着问。

“你在树上做什么？”赵成邺把住她的手腕，反问道。

“我在睡觉！”

“……”

以溪流为界，南北二十米之内，是大启与西蛮十部的交界处，任何人不得在这里交战。

这事赵成邺知道，但刚刚是习武之人的瞬间反应，用白话说就是手跑在脑子前面。

赵成邺让副将去取金疮药，被那小公主制止了，她只是拿袖子擦掉脖子上的血，鄙夷道：“这点小伤一会儿就结痂，我可不似你们中原的姑娘那般娇气。”

他想了想因为摔一跤就哭了一个时辰的若婳，怎么也找不出反驳的话来。

“他们叫你‘少将’，你很厉害吗？一来就能当少将？”

“这是我们赵将军的儿子。”副将回道。

“原来是凭借父亲才当上的少将。”正午的阳光刺眼，那公主眯着眼打量他几眼说，“我叫须卜音娜米，你叫什么？”

“赵成郧。”

回到军营后，赵成郧同父亲提起自己今日遇见西鲁公主还将她伤着的事。父亲说，西蛮一共十个部落，只有西鲁一族不参与纷争。

西鲁王须卜贺是老族长夫人的旁支，老族长在世时西蛮还算统一，与大启的关系不似现在紧张。老族长死后，西蛮开始分裂，西鲁王带着须卜一族游牧到最西边，不参与西蛮的纷争。

“现在想想那小公主，也算是我看着长大的，刚见到的时候坐在须卜贺的马上，还没马头高。”赵父围着沙盘笑道。

赵成郧跟着士兵一起训练，整日太阳晒着风吹着倒也开心。他再一次拉着马儿到溪边喝水，就听见远处传来马蹄声。

一个红衣的女子骑着马在草原奔驰，越来越近，见是他，大声问道：“赵成郧，你骑马厉害吗？”

待骑马到他面前，西鲁公主一勒马缰，笑着问：“我可是我们西鲁骑马最厉害的，要不要比比？”

赵成郧翻身上马，做了个请的手势：“让你三尺。”

西鲁公主也没客气，甩起马鞭扬长而去。

没用多大工夫，赵成郧就将她超越了。在等到又快她三尺左右的距离，才停下来等她，看她来了说道：“你是你们族骑马最快的？”

“我以后会成为骑马最厉害的，别瞧不起我。”

她说这话时迎着太阳，因为刚骑过马，脸红扑扑的，穿着不同于京城小姐们的锦绣衣裳，身上挂着铃铛，风一吹就叮当作响。

她与赵成邺从小接触的女子不同，大启的姑娘被要求端庄文静，特别是嫡出的女儿，要求更为苛刻。

赵若婳三岁时，就被母亲要求食不言，母亲也早早就开始为她物色教习嬷嬷。

西鲁公主于他，是特别的。

她可以和男子说说笑笑。在树上睡觉，在马背上长大的姑娘，多了几分肆意和豪放。

赵成邺突然很喜欢她，经常看着她就笑了。

他总爱往溪边跑，也不是每次都能见着她，见不到时就等上三个时辰，若还没来就回去。

她好奇怎么每次她来都能遇见他，赵成邺笑了笑反问道："我也想问，怎么每次都能遇到你？"

气得小公主骑马追着他跑。

偶尔将她气急了，赵成邺会笑道："你这性格倒是很像我家里最小的妹妹。"

他一年回一次家，每次都待上一两个月。有一次赵宛儿半夜睡着睡着就哭出了声，哄也哄不好，赵成邺把她抱起来，就听她奶声奶气地问："是爹爹回来了吗？"

赵成邺的鼻头突然有些发酸，宛儿长到现在，还未曾见过父亲。他让宛儿坐到肩上，在院子里跑来跑去，玩累了就把她抱在怀里轻轻地哄着："我们宛儿也有爹爹的，只是爹爹没时间回来，就让哥哥抱着你。"

软软糯糯的小孩，不一会儿就睡着了，脸上还有个鼻涕泡。

将宛儿轻轻交给若婳，这三年来她越发沉稳，不似以前调皮，真有长姐的模样。

赵成邺摸了摸她的头说：“我们若婳长大了，但是在哥哥心里，永远都只是个小孩。”

母亲让他明日在家待着，陈府的人要来定亲。

陈家公子陈骐江，赵成邺点点头，这门亲事还算不错。

看母亲又有唠叨的意思，赵成邺赶忙摆手道：“我一粗鄙之人，哪配得上贺府的小姐？母亲你莫要再说。”

过了一会儿，他又试探着问：“必须得是大户人家，知书达理的姑娘吗？”

“也不用，”赵母瞪他一眼转身回屋了，“是个姑娘就成。”

“喂，赵成邺，你笑什么？”一道鞭子声响在耳边，赵成邺回过神来，面前的姑娘美目怒瞪，迎着太阳身上好像发着光，“你是不是看不起我！”

“你多大了？”赵成邺往马背上一靠，不假思索地问道。

“十五。”

“在我们大启，女子十五便及笄，是要嫁人的。”

“没有喜欢的人嫁给谁？”

“父母之命，媒妁之言。”见她好像听不懂，便解释道，“嫁给门当户对的人。”

“这可和我们西鲁不一样，若女子不想嫁人，便可以一辈子不嫁。若是嫁了不喜欢的人，日后都不会开心。”

“那你呢，有喜欢的人吗？”

远处有人在呼唤，西鲁公主扬了扬马鞭说：“我要走了，明日这个时候，来教我骑马。”

说完，头也不回地骑马离开了。赵成邺看着她的背影，笑出了声，大喊道："你嫁给我啊。"

距离太远，这句话被风吹散，落在广袤的草原上。

第二天，赵成邺没能按时赴约，西蛮中的五族半夜偷袭，烧了他们的粮仓。

好在赵成邺发现得早，反应迅速，没给他们继续的机会。

一夜的厮杀，双方都没捞着好，他们五个粮仓被烧了三个，赵成邺也砍掉了三个首领的首级。

经过这一夜，赵成邺一战成名。

军医给他上药时摇了两下头，语重心长道："少将昨夜杀进敌圈，稍有不慎就会身首异处，下次不可如此莽撞。"

"若不莽撞，剩下的两个粮仓也保不住了。"赵成邺倒吸一口冷气，疼得满头是汗，又往外看了看问道，"父亲呢？"

"将军去查内奸了。"

每夜都会有哨兵值班，明哨、暗哨数十人，怎么西蛮五族来了三千人，却一点动静没有？

赵父派人回京，请求粮草支援。

内奸之事查了十天，揪出了十个人。赵骁儒大怒，当众砍了这些人的脑袋，挂在城门口。

"身为军人，保家利国是本职，可你们却因一己之欲叛家叛国，若有朝一日西蛮的铁骑踏在大启的土地上，你们收的这些金银、女人，是否能保你们一命？"

"叛国者，格杀勿论！"赵骁儒站在城墙之上，下面是周围生活的百姓。他拿着匕首，举起胳膊，狠狠扎进自己的左臂，下面的百姓一阵惊呼。

赵骁儒坐镇西北三十年，在西北人民的心里是如同定海神针般的存在，此举不仅震慑士兵，还安抚了百姓的情绪。

赵成邺伤还未好全，就去了溪边，刚到就看见一个红色的身影坐在那里，旁边是一匹黑色大马。赵成邺放轻脚步慢慢走过去，听她说道："飓风啊，你说他今天会不会来呢？"

西鲁公主重重叹了口气，无聊地拿了根草玩："我都等他五天了，他怎么还没来啊？"

"这马挺好看的。"赵成邺开口。

"对啊，赢了比赛父王送我的。"说到一半似是意识到了什么，西鲁公主猛地转头，站起身，"你……你什么时候来的？我听说你受伤了，现在好了吗？"

"已经好了。"赵成邺笑了笑说，"骑马比赛赢了？"

"没有，是射箭比赛。"西鲁公主噘了噘嘴，把马缰放在他手上说，"喏，送你了。"

赵成邺愣了一下，刚张嘴就被拒绝了："这是本公主赏你的，奖励你临危不乱，保住粮仓。"

赵成邺失笑道："杀的是你的族人。"

"才不是呢！"西鲁公主瞪他一眼，拉下脸说，"我们西鲁和他们才没关系呢！父王说当年十天的大雪，冻死了九成的牛羊。若不是大启的帮助，西蛮人早就冻死饿死了，现在他们休养好了，却不知感恩，还反过来要侵占大启的土地，杀掉帮助过我们的大启的子民，狼心狗肺的东西，和我才不是一族的！"

她说这话时咬牙切齿，说到中间还气得声音都大了。赵成邺笑着看她，伸出手捏了捏她的鼻子说："明年的骑马比赛，定会让你赢。"

西鲁公主愣了一下，又皱眉问："合着我说了这么多，你只记得一个比赛？"

赵成邺牵回飓风的时候所有人都围着看，问他从哪儿得来的。赵骁儒远远看了一眼，回到帐篷时问他：“须卜公主给你的？”

见他疑惑，赵骁儒骂了一句：“西鲁王那老家伙，这马是五年前从我这里抢走的。”

英雄惜英雄，赵骁儒与西鲁王也算是旧相识，以前打过几次仗，后来和解了，还经常坐在溪边聊天：“他下棋还是老子教给他的。”

赵成邺摸摸鼻子，不敢把那句“父亲的棋艺还敢教人”说出口。

赵骁儒看了看他，问：“喜欢人家公主？”

“我……”

“没出息的家伙，”赵骁儒没给他说话的机会，低骂了一句，“等送粮草的人过来，你和他一同回京告诉你母亲一声，这事我答应了。”

看他高兴的样子，赵骁儒又摇了摇头，恨铁不成钢地说：“不争气的模样。”

仅仅半个月，京城的粮草就到了，赵成邺倒是没想到会是章景清来送。

若婳与他关系颇好，经常能从她口中听到这个人。

两人性格相投，没几天就混在了一起。赵成邺胳膊搭在章景清的肩膀上问道：“会骑马吗？”

章景清一挑眉，道：“略懂。”

等到两人一起骑到溪边，赵成邺才笑骂道：“这就是你说的略懂？”

能和他骑的持平，已经算是马术超群了。

章景清只是笑了笑，没说话，坐在骏马上看着远处，眼里隐藏着的，是向往。

“你身为男儿，心有志向，为何不征战沙场？非要待在京城任人猜忌。”

先帝不想让章景清坐上皇位，所以一开始就许了封地。他这样的人，天资聪慧，一双眼睛仿佛能洞察人心，如此心智，足以掌权，却没有半点争权的心思。

但他与世无争的脾性，会是他最致命的地方。

他不想争，别人会信，但不敢全信。

或许是不希望他将来死在当权者的疑心之中，赵成邺好心提醒道："你若无心皇位，趁早去封地，莫生事端。"

章景清听懂了，笑着摇摇头，语气颇为自信地说："为国为民，是每个大启子民的责任，更何况我是臣子，太后会明白的。"

连他都知道太后防着章景清，若婳说太后并不是没给他选择，太后让他去自己的封地，从此不踏入京城，便可一生无忧，做他的王爷。

可他不去，无人知道原因。

说自己无心皇位，却待在京城不走，加之朝中有异心的官员在其中挑唆，久而久之必会引起在位者的疑心。

回京之前，赵成邺来到溪边，溪水早已被冻住。西鲁公主搓着手，穿着狼皮的衣裳不耐烦地问他，为何让她今日必须来这里。

"我要回京城了。"

赵成邺以为她会失落，可她只是点了点头问："还回来吗？"

"会回来的。"

西鲁公主冷得跺脚，骂道："那你和我说什么？大冷天的有病啊！"

说完，带着随从骑马离开了，只留下赵成邺在原地笑。

章景清与他一同回京，京城又下了一场大雪，刚到门口就看见若婳抱着宛儿等在屋里。

还没等赵成邺张开手，宛儿就喊着"阿清，阿清抱"，挣扎着要去章景清身上。

若婳小的时候被陈骐江抢走，现在宛儿又和章景清亲，赵成邺一把捞过宛儿，任她怎么哭闹也不放手。

赵母在旁边哭笑不得地打他，让他快些把宛儿放下。

赵成邺拿了一幅画像，展开是一红衣女子坐在马背上，笑得肆意。他同母亲说自己喜欢上一个姑娘，是西鲁的公主，性格活泼，心思单纯，若母亲见到了，定会喜爱。

母亲沉吟一声道："两国之事，须得向陛下请示。"

离京前一天，赵成邺带宛儿去街上买糖球，正巧碰见了贺玉然。

贺玉然微微福身，看见他时眼眶微红道："赵公子，一路平安，日后……也平安。"

赵成邺回了声谢，就抱着宛儿离开了。

他不是不明白贺玉然的情意，若他一直在京城，或许会顺了母亲的心意，娶一个门当户对的嫡小姐，可西鲁公主出现了。

她太过明媚，太过张扬，让他一下子就喜欢上，从此不敢忘。

西北入秋之时，京中传来圣旨，命赵家军五年之内击退西蛮军队，又让赵宛儿十一年春进宫伴驾。

一个五岁的孩子，如何伴驾？

父亲震怒，却也接了旨。

与之同来的，还有太后的一封信。

太后在信里说，宫中奸臣不服他们母子已久，朝中无将军坐镇，一介妇人勉力维持。让宛儿进宫，实属下策，请将军莫怪。宛儿在宫里，他们会以公主之礼对待，他日凯旋，定毫发无损地送回来。

字字句句，诚心诚意。

两人都没说话，赵成邺突然想起父亲常说的那句：我们赵家世代忠良，每个子孙当守大启江山永固、国泰民安。

邺没能熬过三天，他该如何？

赵成邺注视着父亲，慢慢跪下：“父亲说过，战死沙场，是军人的荣耀。”

进军的前一天，赵成邺来到溪边，和往常一样，没等多久西鲁公主就来了，扑到他怀里。

他拿出一只哨，问她可好看，又同她说：“我挑了许久，想着回京时送给我那被关在宫里的幺妹。你若见了她，该是喜欢的。”

西鲁公主把玩着哨，点点头问：“她性格好吗？”

“幼时顽皮，现在好多了，不哭不闹，就乖乖地待在宫里，等着我们把她接回家。”

赵成邺笑了笑，从怀里掏出一封信给她：“你不是问我以前在京城可有喜欢的女子？都在上面了，等你学会了中原字，就会看懂。”

“你竟真有！”西鲁公主揪着他的耳朵把他推倒，跨坐在他身上。

落日余晖照着两人，仿佛镀上了一层金光。

五天后，这一仗结束，大启彻底赢了。

赵成邺带着五千精兵拼死坚守三天，副将的援军如期而至。

于战乱中，赵成邺砍下西蛮可汗的头颅，站在成堆的尸首上高高举起。

耗时五年，终于逼得西蛮投降。

归来的队伍无人说话，只能听见盔甲相撞的沉闷金属声。

黑色的战马走在最前面，马蹄铁掌掉了两个。

马背上，空无一人。

赵骁儒站在城楼上，转头问副将：“我的儿子呢？”

副将跪在地上，声音嘶哑道：“少将军的尸骨并未找到。”

大启赢了。

胜利的捷报一封封发往京城，赵骁儒收拾好一切，骑着飓风只身前往赵成邺战死的地方。

满目疮痍，尸骨遍地。

赵骁儒一个一个地找。他找了一天一夜，才在一个死人堆下，找到了赵成邺。

他的尸身已经冰凉，手里还攥着西蛮可汗的头颅。

赵骁儒拿出手帕，想给他擦干净脸上的血迹，但血迹早已干涸，擦不掉了。

"成邺，爹来了。"赵骁儒嘴唇颤抖着，好长时间才能说出一句话。

"爹来接你回家。"

赵骁儒背起赵成邺，一步一步，走得艰难。

他佝偻着背，背着孩儿徒步走了许久。

骑马出来寻找赵骁儒的副将见到了，立即下马，赵骁儒死死抓着赵成邺说："让我把他背回去。"

这一刻，他不再是久经沙场、被人称颂的将军，他只是一个父亲。

一个痛失爱子的父亲。

守城兵打开城门，哨兵敲鼓大喊："迎，少将军回城！"

震天的鼓声中，百姓纷纷下跪，却无一人说话。

刚一入城，赵骁儒坚持不住摔倒在地，还没等副将将他扶起，他就赶忙起来把赵成邺抱在怀里，嘴里嘟囔着："是不是摔疼了？爹不是故意的……"

"儿啊……"赵骁儒再也忍不住，抱着尸首痛哭道，"我的儿子……"

赵成邺的尸骨被赵骁儒一把火烧了。

他想带他回京，回到自己的家乡，可路途遥远，只能这样。

西北的百姓跪在他的面前，乞求他留下少将军的尸骨。少将军是他们的英雄，是他们会一辈子虔诚奉为神明的人。

赵骁儒怀抱装着赵成邺骨灰的盒子，声音苍凉道："他是你们的英雄，可他也是我的儿子啊。"

后来，赵骁儒还是将赵成邺埋在了西北的土地之下。

他在赵成邺的房间里看见了那封聘书，被装在精致的盒子里，放在枕边。

他记起那日赵成邺回来，故作沉稳地同他说："父亲，公主答应嫁给我了。"

可他的儿子他最了解不过，眼睛里的欣喜藏也藏不住。

他把赵成邺埋在西北边陲，和那封聘书一起。

他回京之前，拒了西鲁公主见他的请求。公主与他儿子此生有缘无分，莫要再耽误人家。

开春之时，音娜米牵着飓风走到溪边——赵将军班师回朝的时候，飓风冲出马厩，跑到西鲁。

走到初遇赵成邺的那棵树下，飓风便不再向前。

任她怎么拖也一动不动。

"他在这儿吗？"音娜米看着飓风，一声马鸣。

她看得懂中原文字。

那封信，她一开始就能看懂。

信上写满了他对她的喜欢。

从第一次见面，到心动，到去请旨，到她答应。

一字一句，全是情意。

他说，公主啊，我大概会战死在沙场，如果那天到来，你不要哭泣。

他说，公主啊，我是真心实意地喜欢你，好几年了。

音娜米坐在地上，一遍一遍地抚摩着信纸说："赵成邺，你该娶我了。

"原来你们中原人，说话都是不作数的。"

后来，音娜米常常会去溪边，一坐就是一下午，同他讲话。

她去过京城，走过他走过的路，吃过他爱吃的汤圆，也去了皇宫，见到了他最小的妹妹。

赵宛儿还是进宫了，小的时候日日盼着回家的人，最后还是留在了宫里。

她将赵成邺留的哨子交给赵宛儿，同赵宛儿说，赵成邺在西北时一直念叨着他有个幺妹。

她在赵府住了几天，没见到赵夫人，大概赵成邺自己已经见到了。

赵若婳带她去逛市集，问她可想放河灯，她没放过，对此还挺好奇。

卖河灯的老伯指了指旁边的桌子让两人许个愿，赵若婳轻轻摇头说："不许了。"

她问为何不许了。

赵若婳看着河面，眼睛里倒映着光："愿望太多，河神真的会生气。"

她将这些都一五一十地讲给赵成邺听，说完瞅了一眼地面，像是在赌气地道："京城那么多好吃的，也没见你给我带回来过。

"我要回去了，父王还在家等我吃饭呢。"

说完，便翻身上马，往回奔去。

腰间缠着的银铃铛叮当作响，隐约能看见一条长命锁挂在脖子上。

番外 作话

自景辉初年开始，大启国进入朝局最动荡的十几年。

太后抱着襁褓婴儿登上皇位，垂帘听政，外有西蛮各部虎视眈眈，内有奸臣祸乱朝纲。

将军赵骁儒率二十万赵家军驻守边关，护一方百姓安宁。

景辉十年，西蛮发兵，边关战事吃紧，怀安郡王章景清自请前去护送粮草，太后允之。

同年秋，太后下旨，以结党营私之疑敕令怀安郡王禁足郡王府三年，又命赵家军五年之内击退敌军，赵家幺女次年春进宫。

名为伴驾，实为人质。

景辉十一年春，赵宛儿入宫，年仅六岁，日日伴在太后身边，每年新年当天只能见赵府嫡女一人。

赵宛儿生性天真烂漫，太后对她赞誉颇佳。

景辉十六年，赵家长子赵成郢回京述职，向皇帝请旨，战事结束后迎娶西鲁小公主为妻。

多年来，朝中推举怀安郡王为摄政王的呼声愈演愈烈，皇帝登基实力不稳，赵宛儿冲撞圣驾，罚跪于慈宁宫门口。

景辉十七年，赵家军歼灭敌军十余万人，取下西蛮可汗首级，赵成郸战死，封正一品忠勇侯。

景辉十八年，皇帝围场狩猎遇刺，赵宛儿舍身挡剑，昏迷十日。皇帝舍弃早朝，日日陪伴。

景辉十九年，怀安郡王造反，被诛杀于乾明宫外。

同年，皇帝选秀，六名官家女子入宫。

赵骁儒请旨，接回赵宛儿。当日是她自六岁入宫，八年来第一次出宫。

宫外没有她心心念念的肉包子，没有幼时一起打雪仗的阿清，没有哥哥，一切都物是人非。

新年之后，赵府夫人因病离世。

景辉二十年，赵宛儿及笄，皇帝亲临赵府。十日后皇帝大婚，封赵家幼女赵宛儿为后，入宝册。

同年秋，陈嫔有孕，次年安贵人冲撞陈嫔，皇帝下令杖毙安氏身边的宫人，贬安氏为庶人。

赵宛儿另选十二名女子入宫，宋、沈二人有孕。

景辉二十一年新年，帝后出宫，两人逛遍京城，在合婚所许下“永结同好，护卿长宁。君子一言，驷马难追”的誓言。

同年春，太后与皇帝关系僵持，有官员上奏，请立皇帝生母贵太妃云氏为太后。

沈氏生产之日，赵宛儿前往宋氏处要助产之人，无果，沈氏当夜生下皇长女后力竭而亡。

赵宛儿提议将长公主交由陈妃抚养。

几日后，赵宛儿去了宋氏宫中，离宫后不久，宋氏动了胎气，一尸两命。

皇帝下令，宋氏一党罔顾朝法，宋氏族人嚣张跋扈，抄家赐死。

同年，赵宛儿有孕，太后逝世。

太医建议前往茂山养胎，次年七月生下龙凤胎。

皇子封太子，取名承瀚，公主取名康乐，安康长乐之意。

景辉二十四年，康乐公主早夭，赵宛儿一病不起。

同年深秋，赵宛儿逝世。

赵宛儿的离世对皇帝打击很大，他变得越发沉默寡言，脸上鲜少展露笑容，似乎是不喜太子，对他极其严苛，倒是对公主宽容至极。

为数不多的动怒是因为公主在中元节时，下了碗长寿面给太子过生辰，被皇帝发现，罚跪祠堂。

还有一次比较严重，是在景辉三十一年，太子和公主偷偷去了凤栖宫，没待多久就被抓了出来，各打了三十大板。

皇帝把太子发配边疆历练。

自景辉十九年开始，朝局稳定，皇权稳固，皇帝以雷霆手段斩断了朝堂上错综复杂的根基，又用了十几年恢复大启的生机。

景辉三十四年，公主及笄，太子还朝。

同年，太子被封为主帅，前往西蛮征战。西蛮首领递交投降书，帝不允，亲自前往边境，剿灭西北九部，独留西鲁一国。

景辉三十五年，皇帝赐婚，封正一品大司马祝容为驸马，榆林陈氏嫡幼女陈华婉为太子妃。

景辉四十一年，德坤宫大火殃及凤栖宫，烧毁整片桂树林，皇帝一蹶不振，不出几日驾崩。

离世前，手中握着从火场里带出来的一只木盒，身旁的桌上摆着一份桂花糕，还有一张纸，上书“君子一言，驷马难追”。

赵宛儿这一生啊，说好也坏。

从小被送到宫里，受着皇家公主的待遇，养在太后身边，日日和皇帝做伴，被精心细致地照顾着长大。

父亲是护国大将军，统领二十万赵家军，兄长是皇帝亲封的正一品忠勇侯，长姐温柔贤惠，母亲正房嫡妻，贤良淑德。

她啊，赵家幺女，没经历过什么太大的风浪，在宫里头住了八年。及笄那日皇帝亲临赵府，是多大的殊荣。

十五岁执掌凤印，坐上一国之母的位子，两年后得了一双儿女，儿子一出生即是太子，公主名康乐，取安康长乐之意。

后宫寥寥数人，颇为和睦，能称得上一声贤后。

帝后和睦，皇帝亲笔写下：永结同好，护卿长宁。

新年之际，祝她万事胜意，为她弃了早朝，更是在她待产那几日罢了朝政，一直陪在她身边。

说得上是圆满的一生，差就差在这一生短暂了些，十九岁那年深秋就离开了人世。

要不，我给大家重新讲一讲大启国景辉年间的故事吧。

先帝驾崩，举国动荡，外有西蛮各部虎视眈眈，内有奸臣搅乱朝局。太后抱着尚在襁褓的章景行坐上龙椅，改年号为景辉，苦苦维持着章家的江山。

护国将军赵骁儒坐镇西北，护一方百姓安稳。朝中推举先帝第三子，怀安郡王章景清为帝。

先帝驾崩前曾召其入宫，屏退所有宫人，无人知晓他们说了些什么。只看见他出来时手中拿着明黄的圣旨，告知百官皇帝驾崩。

众人推测，或许是继位诏书，因此，朝中支持章景清的呼声越来越高。

章景清只字未提皇位一事，游走于百官之中，渐渐有了怀安郡王拉拢百官的声音。

太后扶持小皇帝坐稳皇位实属不易，她下令赵家父子和赵家军五年内击退西蛮。为防其倒戈，还将赵家幺女接进宫里，名义上是陪伴，可谁人看不出是拿她当人质。

赵府夫人前往道观虔心祈福：一盼家中男儿凯旋；二盼幼女在宫里平安长大。

偌大一个赵府，到了只剩赵家嫡女赵若婳一人勉力维持。

宛儿六岁进宫，每年只被允许新年之时见长姐一次。她日日伴在太后身边，由宫中嬷嬷教导，从小乖顺可爱，太后颇为喜爱，几乎不曾责罚过。

就有一次。那一阵子朝中政局不稳，皇帝章景行心中烦闷，摔了几次碗，责罚了一些宫人。

赵宛儿冲撞龙颜，当场掀了皇帝的饭桌。

本该是杀头的大罪，太后也只是罚其跪在慈宁宫外。大雪纷扬，盖了一身白。

章景行前去将其救下，为她披上狐毛做的大氅，撑着伞陪着她，晕倒了就把她抱回去找太医来看。

殊不知，这一日，赵骁儒带着赵小将军击退敌军、战死沙场的消息进了宫。

赵家为了护着大启，失了家里唯一的儿子，断了根。

赵成邺的正一品忠勇侯，是拿命换来的。

赵宛儿听见这些，原以为长姐会来同她说一说。她想抱一抱长姐，想告诉她没关系，她还有妹妹，可长姐没来，她一直等到天黑。

还记得几年前的宗亲宴，她远远地看见了兄长。还是意气风发的少年，气宇轩昂，带着西北凛冽的风向皇帝请旨，等战事结束后，迎娶西鲁小公主为妻。

现在战事结束了，西北百姓跪求赵老将军留下赵成邺的遗骨，他是他们的英雄，是他们会一辈子虔诚奉为神明的人。

于是，他被埋在了西北边陲，埋在离小公主最近的地方，却再也见不到了。

许是老话说得好，多事之秋，多事之秋。

这一年，章景行遇刺了。宛儿缠着他要捉只兔子来，两人刚进树林，就被一群黑衣人围住。

宛儿告诉自己，太后年纪大了，不能像培养章景行一样，再培养一个皇帝了。

而且长姐说过，赵家世代忠良，每个子孙都应该守启国江山永固、国泰民安，皇帝要是没了，还哪来的安？

在剑刺过来时，她毫不犹豫地撞上去。她给自己想了那么多理由，等危险真的来到时，脑海里只有一个念头——

章景行必须活着。

她的伤养了许久，才刚刚好转，就遇到怀安郡王造反。

她认出了章景清，他幼时总爱抱着她，陪她打雪仗，说话温温柔柔的。这样的人，却是太后和章景行最大的敌人。

他死在自己面前，眼中带了些遗憾，她不解。

后来，她出宫了，及笄了，章景行来看她。她拿到封后圣旨时的欢喜，可能只有她一人知道了。

她有多喜欢章景行呢？

从小时候就开始了，因为想家，蹲在雪地里哭，他伸出手冷着一张脸，说要带她去吃桂花糕。阴雨打雷天哄着她睡着才离开，帮她抄佛经却不肯承认，任由她直呼其名，见到他不用跪拜。

她陪着他走过了一个又一个春花雪落，他为她放下手里杀人的刀。

她醒来时看不见章景行，几乎要崩溃。她拿命护着的人，若还是出了事，可怎么办？

太后扶着她坐上后位，处处帮教。她还记得嬷嬷教导过，一国之母，理应大度端庄，温良贤淑。

她喜欢章景行，所以更希望他能坐稳皇位。现在的赵家已经给不了他支持，她背后早就没了强大的母族，所以她更要大度。

可她也看不惯别人的嚣张跋扈，所以用了些手段，手上沾了血。

十七岁那年，她查出身孕，太后也在同一年离开了她。太后陪她度过了漫长的童年，把她安安稳稳地放在后位上，教会了她如何做好一国之母，看着她有了子嗣，终于再也撑不住，离开了。

她那一日才明白娘亲去世时长姐的难过，她的背后真的没人了。

后来她生了一对龙凤胎，原以为一切尘埃落定，可康乐没有了。

赵宛儿离世前就在想啊，她的这一生，说好也坏，说坏也算不上糟糕。

幼时父母俱在，有哥哥有姐姐，是万千宠爱下长大的小姑娘。只是后来国家有难了，她的哥哥成为世人口中的英雄，她的娘亲病逝了，太后也没有了，康乐早夭。

章景行喜欢她，封她的儿子为太子。可如果哪一天他厌了，她该如何，或是有一天，他早她一步离开，她可否受得了？

这样想着，就不想活了。未来太漫长，她仅存的那些开心，好像不足以支撑她走下去。

那这样吧，她先离开，如果许多年后，她与章景行一如少年的模样，情义未变。

若是这样，那她就不放手了。

她喜欢章景行啊，她写下“君子一言，驷马难追”时是多期盼她喜欢的人真能守着永结同好的承诺。

她啊，把满腔的爱意藏在心里，临死才敢透露一分，一生都在装傻，以为这样就能让别人不会那么难过。

她啊，当真是痴傻。

我怕世道会变得黑暗，百姓对王朝只惧不敬，光明的人心寒，天下之士闭口不言。

不念

安棉棉是在宋裕和的床上醒来的。

这事说起来很是羞耻，她前一天晚上被脱光了衣服卷在被子里放到宋裕和的床上，被子外面捆着绳子，动也动不了。

就这么看着天花板快两个时辰，才听见门口有声响。

也不是不挣扎，她尝试过挣脱绳子，一不小心滚了下去，“砰”的一声，一头栽在地上。

在地上躺了一小会儿，就有人来把她抬起来又放到床上。

这次放到了床的最里面。

很是尴尬……

安棉棉拱啊拱，终于拱到床边，抻着脑袋看门口。

看累了就趴一会儿，然后继续看。

宋裕和进来时，就看见一个头从床上伸出来，没有手。烛光还有些暗，风吹动帷帘，屋里忽明忽暗。

有些恐怖。

刚走到床边，还未开口就听那人说道：“王爷您终于来啦！快给我解开。”

声音里带了几分喜悦，似是真的期待他来。

见他不理自己，安棉棉声音软了软说：“拜托了。”

宋裕和没开口，只是淡淡地看着床上的人，身后跟着的宁格很有眼力见儿地解开了绳子。

安棉棉得了自由，刚想掀开被子，突然意识到自己没穿衣服，动作停了一下，抬头看看宋裕和，又看看宁格，裹着被子问：“我能先去如厕吗？”

宋裕和：……

宁格：……

安棉棉身后一直有侍女跟着，寸步不离，她如厕时那侍女就在门口等着。

这么大一个王爷府还怕她偷……不成？

虽是在心里万般诽谤，面上也不敢透露半分，安棉棉一点不耽误地回到屋内，侍女走到门口就停住了。安棉棉转头看向她，她只是垂首立在门口。

夜晚，安静得有些吓人。

宋裕和半靠在床上，微露胸襟，未束的长发随意散落，合着眼，手边还有本翻开的奏折。

弹劾他的折子，还没呈给皇帝，就先到了他手里。

安棉棉悄悄走上前，伸手在他面前晃了晃，没有反应。

好像是睡着了。

凑近看了看，呼吸一滞，移开眼，又咽了咽口水。

正在纠结该不该叫醒他的时候，宋裕和突然睁开眼，起身就把她压在身下。

一切发生得太快，安棉棉只觉得天旋地转，然后就有点喘不过气。

这人看着身形瘦削，怎么这么沉？

安棉棉推了推，推不动，又拍了拍，正好拍到宋裕和的胸……

气氛安静得诡异。

“王……王王王爷，我……奴婢不是故意的。”

安棉棉想死的心都有了，太后把她送过来是为了讨宋裕和开心。这事让她弄得简直稀碎。

“太后说你是整个宫里最漂亮的宫女，本王看着，也不过如此。”

不仅不过如此，毛都没长齐的一个小丫头，太后这是把他当成饥不择食的牲口了。

安棉棉不敢回话：要是顺着宋裕和说，就证明太后眼光确实不好，将来话传到她老人家耳朵里可有她好受的；要是反驳，她惹怒了宋裕和，现在就没有好下场。

她的命怎么这么苦？

见安棉棉不说话，宋裕和似乎是有些恼了，捏着她的下巴，眯了眯眼冷声道：“看着我。”

安棉棉哪敢不听，立马瞪圆了眼睛看他。

应该是没想到她会这么听话，宋裕和怔了一下，皱眉道：“别看我。”

安棉棉：“？？？”

“你知道太后派你过来有何意图？”

“让奴婢来和你同房。”安棉棉紧紧闭着眼答道。

“没别的？”

“没有了。”

话音刚落，安棉棉就感觉自己被掐住了脖子。他的手真凉，冷得安棉棉打了个寒战，她本能地睁开眼，就看见宋裕和看着自己。虽然是笑着，但眼睛里好像淬了毒，声音冷得让人仿佛置身寒冬：“太后没和你说过，骗我，会死？”

“没有骗你，还……还给奴婢看了那些男女之事的小书。”安棉棉感觉自己紧张得舌头都在打结。

“要我？”宋裕和的手指慢慢收紧，安棉棉觉得自己的脖子在他手里仿佛是一根稻草，一捏即断。

这是安棉棉十四年来最接近死亡的一次，她无助地望着宋裕和，眼睛里蓄满了泪水。

宋裕和冷凝着脸，手上却不再用力，他渐渐松开手。安棉棉大口呼吸着空气，瘫坐在床上。

宋裕和低头看了看手上的泪珠，下意识地一皱眉，似乎有些不解地问：“为什么哭？”

“害怕……”不问还好，这么一问，安棉棉的眼泪像断了线的珠子一样掉下来，只说了两个字就哭得说不出话来了。

宋裕和耐心逐渐耗尽，不耐烦道：“别哭了。”

安棉棉拿着袖子擦眼泪，抹了又抹，还是止不住，只能边抽泣边道歉：“对不起王爷，奴婢控制不了。”

这么说着，又哭成一团。

宋裕和抽出被她压着的衣角，有些烦躁又有些无奈，看了她一会儿像是懒得理她，转身离开。

安棉棉不记得自己什么时候睡着的，被人叫醒时眼前一片模糊，还以为是昨天把眼睛哭瞎了。

眼泪说来就来。

一旁的侍女缓声安慰道：“姑娘可莫要再哭了，不然就真的看不见了。”

“那我还能看见吗？”安棉棉委屈地问

“当然可以了，姑娘别怕。”

那侍女的声音温柔，将她扶起来说：“奴婢叫暮迟，是王爷派来照顾姑娘的。这里是王爷的房间，姑娘昨夜睡在这里已是逾矩，我们要快些离开，姑娘的宅院安排在北阁楼。”

暮迟拿清水为她擦了擦脸，简单地绾了个发髻。

做完这些，安棉棉才能看清东西，照了照镜子，眼睛像两个大核桃。

她瘪了瘪嘴喃喃道：“好丑。”

两人很快就拾掇完毕，暮迟带着她离开宋裕和的院子，走了一条不近的路，才到她所说的北阁楼。

因为有二层，又在王府北边，故名北阁楼。

这里只住安棉棉一个人，听暮迟说之前有个姑娘，也是太后送来的，但不久前病死了。

“那姑娘喜欢种花？”安棉棉指着院里的花枝问，暮迟未答。

安棉棉不喜欢这些雅致的东西，拔光了已经枯死的花枝，把土拍实，扫了扫院子，简单地打扫了一下房间，就无事可干了。

以前在宫里都是她伺候别人，来了王爷府倒成了半个小姐。

虽说暮迟是宋裕和派来照顾自己的，安棉棉也不敢使唤她，能自己干的事情绝不吩咐她。

她俩同为奴婢，谁都不比谁高贵。

安棉棉在北阁楼待了半个多月，宋裕和一次都没见到，但他的那些小妾倒是见了个遍。

不得不说，宋裕和挑女人的本事一点不输陛下，那些小妾的容貌和各宫主子有得一拼。但是和淑妃娘娘比还差得远，而且身上多了几分娇媚和风尘，不及娘娘仪态万千。

淑妃娘娘不爱争宠，又没有孩子，寂寞得很，总是挑些初入宫的小宫女到自己宫里，说是看着这些小孩子，日子也有趣些。

安棉棉也在淑妃宫里待过一段时间，不知是哪里讨了娘娘的喜欢，还赏了枣泥糕给她吃。

那枣泥糕可真好吃啊，安棉棉现在想想还馋得流口水。

“你到底有没有在听我说话？”耳边突然一声巨响，吓得安棉棉回了神。眼前这个貌美的小妾正美目怒瞪道：“安棉棉，你竟敢无视我的话！”

安棉棉不想理她。

如果退回十多天以前，她还会耐心地把她劝走。但十多天里，每天都有人来看看她长什么样子，然后再数落一遍说她没有倾城之姿不足以勾引宋裕和，再提点让她别动歪心思，最后又问问那天晚上她在宋裕和房间里都发生了什么。

要么是单个人，要么是组团来，这已经是第十好几拨了，她真的疲于应付。

安棉棉揉了揉太阳穴，沉沉叹了口气，耐着性子道：“晓茴姑娘，我都同你说过好多次了，你来找我真的没用。这个时候王爷刚下朝，你到府门等他，也比在我这里浪费时间强。”

话说得有理，但是那些小妾又不是傻子，这法子若真的行得通，早挤破头站在府门，还来找她做什么。

“那……那我不管，你就要帮我。”晓茴一拍桌子，恶狠狠地看着安棉棉，但她生得可爱，圆圆的眼睛瞪大了也没有威慑力。像是想起了什么，她立马从腰间掏出一个荷包放在桌上说：“我有钱，你帮我，我给你钱。”

安棉棉掂了掂，好家伙，还挺沉，苦口婆心地说道：“王爷那么聪明，我们这些小伎俩他一眼就看出来了。再说啊，你这么有钱，过过自己的小生活多好，为何非要见王爷呢？”

“我喜欢他啊。”

安棉棉怎么也没想到会是这么个回答，愣了一下，下意识地想捂住她的嘴，但手刚伸出，就停住了，转而摘掉落在她头上的叶子。

“那我也帮不了你，你快回去吧，真烦人。”把荷包塞回晓茴手里，站起身拉着她往门口走，将她一把推了出去。看着她离开的背影，安棉棉还是忍不住大喊道，“你要是平日无聊，可以来找我玩。”

“我才不来呢！”

宋裕和不许女眷出入正院，这事无人和安棉棉说过，她自然也不知道。

这天无聊，暮迟也不在，安棉棉左转转右转转就晃到了正院。

迎面遇到一个锦白衣裳的小生，生得颇为俊美，便多看了几眼。

那小生注意到她，便停下脚步礼貌作揖，问道：“小生有礼，请问姑娘何事？”

“没事，我就随便看看，”安棉棉摇头，学着他行礼，“你来干吗呀？”

“小生来拜见王爷，想做王爷手下的门客。”

安棉棉点点头，又问：“我叫安棉棉，你呢？”

“小生赵安皓。”

“是取自‘安能以皓皓之白，而蒙世俗之尘埃’[1]吗？”安棉棉好奇地问他，看向他的眼睛又黑又亮，面带微笑，微微歪头。

赵安皓愣了一下，一时不知如何回答。

暮迟从不远处跑来，想要拉走安棉棉。

1　出自屈原《楚辞·渔父》。

没走几步，就碰上了下朝回来的宋裕和。

不穿朝服，不拿折子，公然顶撞圣上，辱骂朝员，性情暴虐，喜怒无常，杀人不眨眼，这就是安棉棉所听说的宋裕和。

可无人同她说过，宋裕和貌比潘安，玉树临风，一双丹凤眼好像能把人的魂勾过去。但与生俱来的贵气，让人不敢亵渎分毫。

就连他从拐角走到她面前的这几步路，都好似步步生莲，万物尽失色。

欸?

等等？？

走到她面前？？？

安棉棉立马清醒过来，看着离自己一步远的宋裕和，又看看后面垂头而立的暮迟，赶忙福身："奴，奴……奴婢参见王爷。"

"太后送你来时，倒也没说是个小结巴。"宋裕和似笑非笑地打量了一下她，又看了看后面的赵安皓，绕过她往院内走，"跟进来。"

安棉棉以为说的是赵安皓，直到暮迟推了她一下，才意识到那句是和自己说的，赶紧小跑着追上宋裕和。

一直走到书房，宋裕和指了指书桌说："研墨。"

见安棉棉没动，宋裕和用手指点了点砚台问："不会？"

"也不是不会……"安棉棉磨磨蹭蹭地走过去，努力回忆着在淑妃娘娘寝宫时，翠兰姐姐教的，结果刚一上手就被拦下了。

安棉棉疑惑地看向宋裕和，后者只是斜看她一眼说："开始就错。"

宋裕和拿过墨锭，滴了几滴水在砚台上，他修长的手指被墨锭衬得越发白皙。

安棉棉突然想起书上形容女子，手如柔荑，肤如凝脂，齿如瓠犀，臻首蛾眉，这些词放在宋裕和身上一点都不为过，原来世间竟真的有比女子还好看的男子。

感觉头上被打了一下，安棉棉委屈地抬头。

“认真点。”

夏日午后有些炎热，屋内早已放好了冰块降温。偶尔有风吹来，带来的是丝丝凉意，安棉棉看着宋裕和，突然觉得太后说的可能是错的。

说来都是一母同胞，皇帝仁厚温和待人宽厚，宋裕和又怎会性情暴虐，喜怒无常？

“太后选宫女时，无人想来我这里，你为何要来？”

宋裕和研墨的手停下，示意她继续，安棉棉很有眼力见儿地接过继续磨。

这难道是她想不来就能不来的吗？

“太后说奴婢天资聪慧，面容姣好，性子单纯，为人和善，是个活泼伶俐的小丫头，送来祯王府能给王爷解解闷。”似是怕他不信，安棉棉紧接着道，“是真的，这是太后娘娘的原话。她还说我爱笑，能让人开心，让人打心眼儿里高兴。”

宫里有宋裕和的眼线，太后说这话时又没避人，自然也能传到他这里。

宋裕和也是没见过这么拐着弯夸自己的，不禁勾了勾嘴角，又问：“你那日哭什么？”

“害怕……他们说你脾气不好，怕你杀了我……”安棉棉低下头支支吾吾道，“奴婢怕死。”

“那怎么还留下？”宋裕和停住笔，侧头看着她问。

安棉棉憋了半天问：“王爷要听实话吗？”

“……”宋裕和淡淡地看了她一眼。

“书上说，凡天下有三德：生而长大，美好无双，少长贵贱见而皆悦之，此上德也。[1]”

“……”

安棉棉还以为宋裕和会动怒，或者斥责她，但他只是静默了片刻，拿笔尾点了点她的手说：“干了。”

顺着他的视线低头，就看见自己的手不知何时停了下来，墨锭和砚台粘在了一起。安棉棉拔了拔，墨锭就这么断开了。

“王……王……王爷，”安棉棉呆在原地，可怜巴巴地看向宋裕和问，“怎么办？”

宋裕和没理她，将笔放好，起身掸了掸身上不存在的灰，轻敲几下桌子，门外的宁格立马走进来说：“二十手板。”

不出一会儿，就有家丁按住安棉棉，拿着戒尺数着数打她。

二十下打完，安棉棉的手红了一片，疼得她眼泪都快掉下来了。宋裕和瞧她那可怜模样倒是有几分好笑地问：“可知错？”

安棉棉点头：“知错了。”

眼泪“吧嗒”掉了下来。

“还不走？”尾音有些上扬，安棉棉不敢耽搁，刚想走就被喊住了，“把它拿走。”

安棉棉用手指捏着砚台，微微福身一路小跑出去。

暮迟等在院门外，见她出来，看见手里的砚台眸色一沉，默不作声地接过，领她回北阁楼。

打手板的下人没放水，安棉棉疼得不敢动，手肿成了一座小山。

1　语出《庄子·盗跖》：“丘闻之，凡天下人有三德：生而长大，美好无双，少长贵贱见而皆说之，此上德也；知维天地，能辩诸物，此中德也；勇悍果敢，聚众率兵，此下德也。”“说”通“悦”，“辩＂通“辨”。

“怎么哭了？”暮迟打来水一进屋，就看见安棉棉坐在椅子上掉眼泪。

“疼……”安棉棉抽泣道。

“这墨是上好的，千金难求一块，只打你二十手板，你都该磕头谢恩。”暮迟拿手帕为她擦掉眼泪，蹲下身给她抹药，“王爷不喜人哭，往后莫要掉眼泪。”

安棉棉疼得直抽冷气，眼泪一出来就用袖子抹掉。

这可怜的小模样被宁格一五一十地报告给宋裕和，末了又添了一句：“这安姑娘不像是宫女，倒像是个富家的大小姐。”

宋裕和转了转手上的玉扳指，声音淡漠地问：“查出什么了？”

“安棉棉五岁时，父母和两岁的弟弟皆死于江南水患，隔壁家的哥哥带着她北上投靠亲戚。遇到当时回家省亲的淑妃娘娘，就这么被带进了宫。属下派人去问了当时活下来的江南人家，当时确是有一家人姓安，生有一儿一女。村里人都叫她小书，冲了娘娘的名讳，淑妃说这小女娃软软糯糯，捏起来像棉花，故赐名棉棉。”说到这里宁格顿了一下，“王爷，按照以往，若是哪处存疑，宁错杀。”

宋裕和眼角上挑看他一眼，语气颇为不屑道：“你的意思是，太后和宋容风穷途末路，派一个小丫头来对付我？”

宋裕和走到窗边，天色暗了下来，乌云密布，是暴雨来前的宁静：“若真是这样，倒也有趣。”

他倒想看看，一个小丫头能翻出什么水花来。

“南阁楼的晓茴和她走得挺近。”宁格见宋裕和侧目，解释道，“是半年前光禄大夫送进来的，没什么异常，性子看起来还算直爽。”

“去看看。”

安棉棉的手养了七日，刚有转好的迹象，就被通知以后要去轮班伺候宋裕和。

这可把她吓傻了。

她不是没伺候过人，五岁入宫时在淑妃娘娘宫里待了三年，淑妃看她年纪小，没让她做什么活，后来被调了出来，安排到一个空院子里，和另一个小宫女一起每天打扫院子，日子过得还算清闲。但是那宫女起了不该有的心思，勾引皇帝，被下令打死了，打扫院子的活就落到了她一个人身上。

好在无人居住，加之她是从淑妃宫里出来的，大太监很少管她。

所以说，满打满算，她伺候人的时间只有三年。

安棉棉一脸愁容地跟着宁格走到宋裕和的院子，刚到门口就有丫鬟端着茶壶放到她手上，她只好硬着头皮进去。

宋裕和在下棋，与自己对弈。

安棉棉走上前蹲下，拿出两个茶杯，涮了一遍，都倒上茶。自己先喝了一杯，另外那杯放到桌上扣上盖子，说了句："王爷请用茶。"然后起身退到一边。

"这是做什么？"

安棉棉轻轻一抖，故作镇定地答："回王爷，试毒。"

没错啊，当年在淑妃宫里看宫女上茶，都会试毒啊。

难道一个地方一个政策？

"你怕有人给我下毒？"宋裕和一挑眉，拿起茶杯闻了闻，轻抿一口问，"还是说，你知道会有人下毒？"

"不不不……"安棉棉扑通一声跪下，急忙道，"奴婢不是这个意思，就……淑妃娘娘宫里都是这样试毒的。"

"何故如此怕我？"宋裕和放下茶杯，看到她的模样皱眉道，"难道又要哭？”

安棉棉藏在袖子里的手死死攥拳，眼眶瞬间就红了。她努力不让自己哭，支支吾吾好久才道：“王爷，奴婢会学的，您别生气，也别杀我。”

宋裕和哭笑不得，拿扇子拍了拍她的头说：“起来。”

不只是安棉棉，祯王府所有人都惧怕宋裕和，百姓也怕他。

安棉棉进王府的第一天，就看见有人抬着一个麻袋出府，一只带血的手垂在外面。她问身边的人，那是谁。

那人悄声和安棉棉说，这是府上家丁，做错了事被打死了。

说完，还好心地提醒她以后就装作没看见，莫要多问。

可明明他还活着，带她进来的小家丁猛地咳嗽一声，压低声音焦急道：“姑娘以后莫要说这些话，王爷要他死，谁敢救？”

安棉棉这才发觉，其他人真的都在各干各的事，看都不看那被“打死”的家丁一眼。

仿佛死的只是一个蝼蚁。

或许，真的只是一个蝼蚁。

“王爷，该吃药了。”有丫鬟端着药碗立在门口，安棉棉抬头对上宋裕和的视线，立马反应过来，快走几步到门口接住。

还如之前那样，拿了方才用过的茶杯倒了一点，喝了一口后才递给宋裕和。

这一口下去，安棉棉的小脸都皱在了一起。

好苦好苦。

宋裕和接过，一饮而尽，眉眼未动。

安棉棉赶紧端起一旁的点心说：“王爷，吃点甜的，解苦。”

见宋裕和没动，只是喝了口茶，安棉棉乖乖放下，站回原地。

每次都会放点心，每次都一口也不吃，浪费！

安棉棉在心里默默诽谤。

都说春困秋乏夏打盹，加之前几日因为手疼晚上睡不好，现在在宋裕和屋内，冰块带来丝丝凉意，听着屋外鸟鸣，安棉棉的眼皮越来越重。

慢慢地就靠着墙睡着了，睡一会儿又清醒过来继续站好，没站多久又撑不住睡着，反反复复。

宁格进来刚想出言提醒，但看看王爷下棋没管她，便也不吱声。

他走上前抱拳道："王爷，鱼上钩了，收网吗？"

宋裕和落下最后一颗黑子，棋盘上，看似黑子与白子处于胶着状态，实则黑子早已包围了白子："不急，好戏才刚开始。"

说罢，看了一眼靠在墙边安睡的安棉棉，目光幽深。

安棉棉战战兢兢地伺候着宋裕和，隔三岔五就犯个错误被打手心。

见过因为打碎花瓶被当场打死的丫鬟，也听过哪户人家的儿子冲撞宋裕和被一刀捅死。

但宋裕和对她好像格外包容，安棉棉不傻，她能感觉到，只是不知原因。

但她不敢懈怠，生怕一个不注意就丢了小命。

这天起床，刚推开窗，就看见皑皑白雪铺满了整个北阁楼，好看极了。

安棉棉喜欢雪，在宫里的那些年每逢下雪，她都会早早起来，在院子里踩出一个又一个脚印，玩够了才把雪扫起来，堆一个小雪人。

宫里的生活寂寞得很，她就同雪人讲话，把春夏秋的话都说出来。

雪人不会讲话，化了就带着她的秘密离开了，不会有人知晓。

安棉棉穿上早就准备好的棉衣，粉粉嫩嫩的，在雪地里踩来踩去。

玩得久了，错过了早饭，她马不停蹄地跑去正厅。

雪地里只留下一串细碎的脚印。

安棉棉赶到时还是晚了半炷香，自觉地去领了二十手板。

打手板的家丁无奈地叹了口气，中间几下几乎没用力。

打完手板，安棉棉就颠颠地跑去收拾宋裕和的屋子。

摆摆棋盘，擦擦桌子，又折了院里的一枝梅花放在花瓶里，左右看看，不禁赞叹自己真会插花，好看极了。

刚忙活完，宋裕和就下朝回来了。

一袭白衣，披着白狐毛的大氅，走在雪地里，如雪天归来的谪仙。

安棉棉将宋裕和脱下的大氅递给宁格，又拿了早已捂得热乎的衣服给他披上，又递上一杯热茶，将门窗关好。

宋裕和怕冷。

这是安棉棉在宫里就知道的事情。太后和她说过，宋裕和身子骨不好，是打娘胎里带出来的病，格外怕冷，要她伺候时万分小心。

安棉棉记在心里，不敢马虎。

满街香的店小二送来一盒糕点，还没打开，安棉棉就小声凑到宋裕和耳边道："多半是绿豆糕。"

打开一看，还真是。

宋裕和一挑眉，安棉棉立马解释："这是他们家的招牌，每天只卖五份，这次来献殷勤，肯定要有镇店之宝。"

区区一小块绿豆糕，能有多好吃？

似是看出了他的想法，安棉棉又道："听说味道是顶好的，当初宣称吃之前许个愿，若是吃到里头有红豆的绿豆糕，愿望就会实现。卖的主要是个噱头。"

话说到这里，随从也验完了毒，将它呈了上来，安棉棉适时地问：“王爷可要尝尝？”

宋裕和斜睨她一眼，声音慵懒道：“知我不喜甜还问，都是你的。”

“得嘞，谢王爷赏！”安棉棉笑眯眯地接过，早已料到这个结果，埋头吃起来。

她吃得津津有味，宋裕和不由得多看了几眼。发现他在看自己，安棉棉纠结了一会儿，推推面前的碟子，有些为难道：“要……要尝尝吗？”

宋裕和轻笑着，将碟子推回去颇为无奈地道：“吃吧，不和你抢。”

他不常笑，只是偶尔弯弯嘴角，笑意从来不达眼底，就好像没有什么事，能让他真正开心。

他们说宋裕和喜怒无常，但安棉棉却认为，他才是最波澜不惊的人，所有的情绪都露在表面，内心却像一潭死水，未曾泛起一丝波澜。

原本气氛挺好的，但有人来说了什么，宁格脸色一变，又传话给宋裕和。这种情况安棉棉都很有眼力见儿地离开，没多久宋裕和就带着宁格出府了。

走时面色有些严肃。

安棉棉进屋，摸了摸茶杯，还是热的，她默默收起茶具，看来一时半会儿没她什么事，收拾好后就独自离开了。

刚回到北阁楼，立马就听见传过来的女子的骂声：“怎么还不回来？到底要等多久！”

安棉棉悄悄走近，趴在门口趁里面的人不注意，冲过去一拍她。那女子吓得惊呼，转过身看见是她，怒道：“安棉棉！”

安棉棉没理她，拿起茶壶倒了杯水问：“找我做什么？”

“王爷前几天来看我了，”见她停住，晓茴抢过茶杯喝了一口道，

“我就说王爷心里是有我的。”

安棉棉瞪她一眼，重新倒了一杯，坐到椅子上问：“同我说什么？”

“让你忌妒我，”晓茴笑了笑，手撑着下巴看着窗外的雪，眼里是毫无掩饰的开心，“也不知道王爷今天会不会来？”

说到这里，她转了转头，将后脑勺对着安棉棉问：“你看，这个簪子好不好看？”

是个藕粉色的玉石，被白色花瓣包裹着，像个刚开放的小花蕊。

“好看。”

“那肯定的，”晓茴转过来，一脸骄傲地说，“王爷送我的，他说我和这个簪子很像，虽然我也不知道哪里像。”

她今日穿了件浅粉的衣裳，是白兔毛的衣领。

“是挺像的。”安棉棉笑着答道。

找她炫耀的目的达到了，晓茴开开心心地离开了，走之前还顺走了安棉棉屋内的一个花瓶，说要回去学习插花。

“姑娘好像对晓茴姑娘有些不同。”

安棉棉看了一眼暮迟，见她好像只是无意地说了一句，又望向门外纷纷扬扬的大雪，缓声道：“感觉是个投缘的。”

晓茴是光禄大夫送进来的，说是从街边捡到的，收作了义女。宋裕和只是说了句：“这姑娘笑起来倒也好看。”

光禄大夫第二天就将她送到了宋裕和府上。

晓茴性子单纯，脾气有些不好，看不惯那些小妾的阴阳怪气，安棉棉来了之后她总爱过来。

小妾们都住在南阁楼，中间隔了大半个祯王府，她也不嫌累，隔三岔五就要来一趟。

有时来说说今天南阁楼的谁又和谁吵架了，有时来看看她房里有什么新奇玩意儿就带回去。偶尔也会带来自己做的点心，明明没这个天赋，却爱动手，还非逼着安棉棉吃下去。

安棉棉很怕哪天会被她毒死。

两人关系算不得好，一见面就拌嘴吵架，前不久晓茴还指着安棉棉空荡荡的小院子，一脸嫌弃地说一点生气也没有，不知道的还以为是给死人住的。

没过几天就拿来几棵花苗，说要种花，大冬天里天寒地冻的，哪种得活？

安棉棉劝她放弃，来年开春栽棵小树，说不定还能活得久一点。

这才作罢。

送走了晓茴，安棉棉倒在床上，嘴里嘟囔着："有个软榻就好了。"

她早就看中了宋裕和房里的软榻，靠在那躺着，身下铺着带毛的毯子，软软的，很是舒服。

这么躺着，不知不觉就睡着了，再醒来时已经是晚上，懊恼自己睡了这么久，待会儿肯定又睡不着。

雪还在下，一天的时间已经铺得很厚，能没过脚，她闲着无聊拉来暮迟堆雪人。

安棉棉很是专业，没过一会儿就堆好了一个半人高的雪人，转头看暮迟，她竟然在拍雪人的身子。安棉棉团了雪球扔向她，暮迟像是后面长了眼睛一样瞬间起身躲过了。

"女侠好身手！"安棉棉笑着道，又弯腰抓起一把雪，朝暮迟扔去。

暮迟本不愿理她，但安棉棉得寸进尺，一个接着一个地扔过去。就在安棉棉弯腰抓雪时，暮迟拿了个雪球扔向她，正砸到她的脑袋上。

两人一来一回，就这么打了起来。

因为动静太大，有人来围观，安棉棉笑着朝他们喊道："一起来玩啊！”

见没人动，安棉棉开始向人群里丢雪球。

慢慢地就有人加入了，好在院子够大，十几个人一起也玩得开。

不知是谁撞到了安棉棉，把她撞得一头栽进了暮迟方才没堆好的雪人里。她挣扎着起身，握着一个大雪球问：“谁撞的我？”

一转身，就看见下人跪了一地，宋裕和正站在中间，披着白狐的大氅。

“啪”的一下，雪球掉在地上，摔了个粉碎。安棉棉立马跪下道：“奴婢参见王爷！”

“第一次有人在王府打雪仗。”宋裕和看了看周围，目光停在边上完好无损的雪人身上，“手艺不错。”

安棉棉顺着他的视线看去，笑道：“是吧？我可是堆了好几年，早就练出来了。”

她说得得意忘形，突然人群里一声咳嗽，安棉棉停了下来。看看跪在角落里的晓茴，又看看似笑非笑的宋裕和，咽了咽口水。

“说完了？”宋裕和问她。

安棉棉点头。

“说完了，就把这些都收拾了。”宋裕和视线向下，看了看跪着的人问：“还不走？”

瞬间，北阁楼就空了。

安棉棉叹了口气，认命地开始扫雪，耳边是晓茴的抱怨声：“我就不该提醒你，现在倒好，大晚上不睡觉地跑来收拾。”

宋裕和说，既然晓茴这么好心，就留下来一起打扫。

安棉棉又叹了口气：“我的小祖宗啊，你快别说了，都念叨了半个时辰也不嫌累，方才玩的时候不也很开心吗？”

“说得也是。”晓茴笑了笑，悄悄凑近她，突然把一个雪团塞进她的衣领。

安棉棉也不甘示弱，把她推到雪堆里，两个人打成一团。

打累了，就躺在雪地上，对视着笑。晓茴拍了她一下，说道：“谢谢你啊，我好久没这么开心了。”

她的眼睛亮晶晶的，脸红红的，笑容真诚。

安棉棉只看了一眼就移开了视线。

三个人打扫到后半夜才弄完，晓茴也懒得走回去，就在安棉棉这里睡了一晚。

安棉棉累得倒头就睡，任晓茴叫她多少声也不应。

天快亮时，安棉棉睁开眼，听见屋顶有一声轻微的响动，之后窗外闪过两道人影。

她看了一眼没有理会，继续睡去。

安棉棉顶着两个大黑眼圈到了宋裕和的房间，她早上没吃饭，怕会犯困，喝了整整一壶浓茶提神。

她到时，宋裕和刚吃完早饭，看见她还颇有些惊讶地问：“你怎么来了？”

安棉棉愣了一下，宁格解释道：“今日王爷要出门，不是和你说过不用来了吗？”

安棉棉：“？？？”

没人同她说过啊，什么时候？谁？

“既然来了，就一同去。”宋裕和净了手，将一幅字画扔给安棉棉。

安棉棉好奇地往马车外面瞅，转头看看闭目养神的宋裕和问：“王爷，我们去哪儿啊？”

"冰壶赛。"

早就听说过冬天的冰壶赛赫赫有名，没想到自己还有机会看到。安棉棉突然觉得，今天没能睡懒觉也是很好的事。

宋裕和勾了勾唇，睁开眼睛看了眼一脸兴奋的安棉棉，带着探究的目光。

他们到时，冰壶赛已经开始，安棉棉跟着宋裕和走进湖边的小房子，里面早已生好了暖炉。

"看见湖面穿紫衣的女子了吗？"

安棉棉走到窗边，眯着眼睛寻找着："看见了。"

"想办法让她进来。"

安棉棉疑惑地转头看着宋裕和，询问的话刚想出口就咽下了，转而问："她是谁啊？"

"太常寺卿嫡女，楚潇然。"

嫡出的官家小姐，或多或少都带了些骄矜，安棉棉还在发愁怎么把她叫到宋裕和面前的时候，见一个人突然摔在自己面前，吓了安棉棉一大跳。

还没等她反应过来，就被人一把推倒，那人骂道："哪来的野丫头，竟敢推我们家小姐！"

安棉棉："？？？"

她什么都没干啊。

"你是谁家的丫头？"推人的那个丫头把自家小姐扶起来，居高临下地望着安棉棉。

没过多久，周围就聚了一圈人。

"我是……"

"孔大小姐你可别冤枉人，我分明看见是你自己摔在地上，难道是碍于面子，不想让大家知道你两年都没学会滑冰，所以故意说是人家推的你？”

安棉棉的话还没说出口就被打断了，她利索地爬起身，转头一看，是楚潇然。

“我没冤枉她，就是她推的我！”孔墨涵急忙道。

“我没有，”安棉棉出言反驳道，“我都不认识你，为什么要推你？”

“哪儿来的丫头，主子说话还有你说话的份？”孔墨涵身边的丫鬟再次开口。

安棉棉这小脾气“噌”的一下就上来了，想着这天底下除了皇帝和太后，也没人比宋裕和地位还高，底气立马就足了，于是掐着腰指着她骂道：“你才是野丫头，你凭什么推我？你也是奴才，凭什么教训我？我是王爷带来的，有本事我们到王爷面前讲理去！”

这个宋朝只有一个王爷，大家自然知道是谁，宋裕和什么性格，在场的所有人没见过肯定也听说过。安棉棉环顾了一下周围，清了清嗓子故意道：“但是我们王爷仁慈，定不会殃及无辜。”

话音刚落，围着的人群全都散开，只留下他们几个。

暮迟适时地走过来说：“王爷请几位小姐过去。”

“孔小姐，请！”安棉棉笑看着她，做了个请的手势，又和楚潇然说道：“多谢楚小姐帮我解围，一同前去吧。”

话一说出口，楚潇然不得不去。

安棉棉走在最前面，进屋时偷偷朝宋裕和眨了下眼，骄傲的小表情显露无遗，待转过身立马换上了一副严肃面孔，将事情的经过前前后后说了一遍。

“孔小姐是主子，即使不是你推的，见她摔倒，也该尽快扶起她，这算你的错。快给孔小姐道歉。”宋裕和声音淡淡的，如三月春风，安棉棉有些不安，但又不敢违背。

待她道完歉，宋裕和继续说道："不知起因，不辨事实就出手打了本王的人。孔小姐，你怎么交代？"

这是要为安棉棉出气。

若换了旁人，定会觉得是安棉棉受宠，可她不觉得，一切都太巧了。

怎么她站在湖面，孔墨涵就刚好倒在自己面前，楚潇然站那么远，怎么就那么笃定地给她证明不是她推的，暮迟又为何出现得如此及时。

想不让人怀疑这是宋裕和设计好的，都难。

"我代玉屏向姑娘道歉，姑娘宽厚，还请姑娘莫要怪罪。"孔墨涵急忙道。

"奴婢不知姑娘是王爷的人，多有冒犯，还请姑娘原谅！"玉屏跪在安棉棉面前哀求道。

"棉棉，你可接受？"宋裕和笑着看向她，眼神却冰冷无比。

他第一次叫她的名字，温柔缠绵，好似她真的是他宠着的人。

安棉棉看着一脸期待的玉屏，良久，才慢慢说道："奴婢……不接受。"

"玉屏姐姐若是在冰面躺上一个时辰，这事就一笔勾销。"安棉棉抢在宋裕和说话前说道，装作没看见他看向自己探寻的目光。

孔墨涵连忙带玉屏离开。

有丫鬟来上茶，端上来的是茶叶。

暮迟教过安棉棉煮茶，她很有天赋，一学就会，就连宋裕和见到也说了一句："你煮茶的天赋分一点给研墨，也不至于会毁了我上好的墨锭。"

安棉棉装作没听见。

茶叶一入水，香气四起，连安棉棉这个不喝茶的，也能闻出来是好茶。

“这茶……”楚潇然闻了闻，眼里颇为惊喜道，“君山银针？”

宋裕和微微一笑：“早就听闻楚小姐喜好品茶，果然名不虚传。”

“王爷过奖。”

安棉棉看见楚潇然红了的耳朵。

也对，宋裕和长相俊美，反正安棉棉活到现在也没见过比他还好看的，特别是他今天还特意打扮了一下。若不是名声在外，任谁都无法把这个翩翩公子与残暴冷血的王爷联系在一起。

两人说话之际，安棉棉已经把茶泡好，先递给宋裕和，之后才给楚潇然。

“楚小姐，请！”宋裕和拿着茶杯，抬了抬道。

楚潇然轻轻抿了一口，笑道：“好茶。”

“王爷，冰壶赛马上开始了。”暮迟从门外走进，福身说道。

“多谢王爷的茶，臣女要去参加冰壶赛，先行告退。”楚潇然起身，得了准许之后离开，离开之前还笑眯眯地将杯中的茶喝完了。

而宋裕和的茶杯，却分毫未动。

冰壶赛之后，安棉棉追上准备离开的楚潇然，递上一包茶叶说：“王爷看小姐您喜爱这茶，便说要赠予小姐。若能博美人一笑，也算尽了它的价值。”

“如此贵重……”

“楚小姐可千万别拒了我，不然我回去是要被责罚的。”

安棉棉说得不对，楚潇然收了茶，她也会被责罚。她现在就跪在院子里，身上被打了十大板。

疼得直不起腰。

宋裕和问她可知错。

她知道，她不该让玉屏只躺在冰面上一个时辰。

宋裕和想让她死，他杀人从来不需要理由。

但是安棉棉不想，原本活蹦乱跳的人死在她眼前，她做不到。宋裕和看她的时候，她就已经知道回来定会被罚。

跪了一个时辰，宁格叫她起来，说要带她去个地方。

安棉棉站起来时踉跄了一下，下意识地去抓，宁格却往后退了一步，没有丝毫要扶她的意思。

宁格带她去的是孔府，揪着她的衣领飞身进去，落在院里的假山上。

玉屏正提着灯笼，与一同走路的丫鬟说说笑笑。

安棉棉意识到宁格要给他看什么，刚想出声就被捂住了嘴。

她眼睁睁地看着，一个黑影闪过，越过丫鬟，刺穿了玉屏的身体。

玉屏的笑容还挂在脸上，就直直倒下去，灯笼掉在地上。一旁的小丫鬟刚尖叫一声，也被刺穿了身体。

一阵风吹过，灯笼火苗跳动几下，最终熄灭了。

那黑影只一瞬，又消失不见了。

“看见了吗？”宁格的声音在耳边响起，比宋朝的冬天还冷，“你救不了她，只能让她多活几个时辰。但代价，是死更多的人。”

宁格说：“安棉棉，别想在王爷面前耍小心机，他要杀的人，即使是皇帝也护不住。

“记住了吗？”

宋裕和娶了楚潇然，做侧妃。

贺礼送了五箱，八抬大轿抬进门，给足了太常寺卿的面子。

宋裕和没有正妻，楚潇然便是王府的女主人。

人人都惧怕宋裕和，可对祯王妃的位子趋之若鹜。

宋裕和是当今圣上一母同胞的哥哥，宋朝唯一的王爷。

一人之下万人之上，即使他残忍无情，也有不少人甘愿为他俯首。

楚潇然进府那日，晓茴气势汹汹地来找安棉棉。

质问安棉棉为何不告诉她。

安棉棉反问她："告诉了你又如何？"

晓茴哑口无言。

楚潇然住在南阁楼，仗着自己侧妃的身份，对小妾们颐指气使。

"侧妃就是仗着自己是太常寺卿的女儿才敢如此作威作福，可这府里的官家小姐也不止她一个。"在安棉棉房里绣花的小丫鬟说道，"姑娘，怎么了？"

安棉棉摇摇头，扶起倒在桌上的茶杯，擦干净桌子笑道："太烫了，你方才说的还有谁？"

"官家小姐吗？晓茴啊，她是光禄大夫的义女，也算是个小姐。"

安棉棉点点头，若无其事地看了一眼站在一旁的暮迟。

府里的人都唤安棉棉为姑娘，因为她是太后送来的，说句不好听的，是来做小妾的。

但宋裕和没把她安排在南阁楼，也没说清她的身份，若是主子，却天天要去和丫鬟轮班；若是丫鬟，却派了暮迟来照顾她。

府里的人弄不清楚，不敢怠慢，便跟着暮迟喊了一句姑娘，也算半个主子。

自那天之后，晓茴再也没来过北阁楼，安棉棉也没过问她的消息。

"晓茴姑娘近来如何？"暮迟突然问。

绣花的小姑娘摇摇头道："我也不清楚，侧妃管得严，晓茴姑娘的日子也不好过了。”

“别人的事情，我们不必过问。”安棉棉有意无意地看向暮迟，眼中带了些警觉，只一瞬又消失了，笑着道，“你绣得可真好看。”

安棉棉还是照例每日去宋裕和房里，他最近经常不去上朝，有时安棉棉到了他还没醒。

有一次门口无人，宁格也不知道去哪儿了，安棉棉唤了几声没有动静，便推门进去，走到里屋发现宋裕和还在睡觉。

怕把冷气过给他，安棉棉离得远抻着头看他，头发未束散在床上，眼睛闭着，睫毛很长，像小扇子。

鼻子大概是遗传自太后，嘴唇是薄的，书上说嘴唇薄的人多是无情之人，安棉棉咂咂嘴，看来没错。

就是不爱笑，可笑的时候更可怕，还是别笑了吧。

眼睛竟是琥珀色的，真是奇特。

眼睛?

安棉棉扑通一声跪在地上:“王爷……您醒啦？”

“做什么？”大抵是刚醒，宋裕和的声音有些哑，手杵着头侧身看向她。

像只慵懒而高贵的狮子，让人敬畏，却忍不住想靠近。

“王爷长得可真好看。”安棉棉眼睛弯弯，实话实说道。

宋裕和低头笑了一声道:“过来点。”

安棉棉站起身走过去，刚到床边就被猛地拉住，跌到床上。宋裕和欺身靠近，安棉棉能感觉到他说话时的热气，身下的被子还带着他的温度。

由于常年喝药，泡药浴，宋裕和身上带了些淡淡的中药味，很特别，但不难闻。

安棉棉下意识地抓紧身下的被子，听宋裕和问道：“什么感觉？”

“秀……秀秀秀色可餐。”

宋裕和笑出了声，睡衣因为动作太大滑落，露出雪白的肩膀。安棉棉努力不让自己往下面瞟，看着宋裕和慢慢靠近，感觉到他将下巴放到自己的肩膀上，安棉棉觉得自己都不会呼吸了。

脸热得出奇。

“既然这样，是不是每天待在我身边，就永远不用吃饭了？”

欸?

？？？

安棉棉还没反应过来，宋裕和就往后一靠，恢复到平时的状态：“更衣。”

由于没有传唤私自进里屋，安棉棉被打了二十手板，罚一天不许吃饭。

宋裕和像是故意的一样，让小厨房做了一堆肉和甜食，他只吃了几口，剩下的，就放在那里。

安棉棉饿得肚子“咕咕”叫，也不敢说话。

就在她盯着桌上的糕点望眼欲穿时，管家来说，南阁楼的晓茴姑娘，小产了。

晓茴性子直爽，不与其他小妾一样巴结楚潇然，所以总是被格外针对。

今早由于一个过失，被楚潇然罚跪，没过一会儿就晕倒了，身下一摊血。

管家走后，安棉棉问道：“王爷不去看看吗？”

“我为何要去？”宋裕和头也未抬地问她，“南阁楼归楚潇然管，她罚晓茴，自然有她的道理。”

“可晓茴姑娘小产了……”

“没保住孩子，本就是她的错。”

安棉棉张了张嘴，也不知该如何反驳。

他不在乎晓茴，亦不在乎楚潇然为何罚她，仿佛死掉的不是他的孩子，只是一个蝼蚁。

安棉棉垂眸道：“奴婢想去看看晓茴姑娘。”

宋裕和看她一眼，放下书问道：“我禁你足了？”

便是默许。

第二天一早，宋裕和刚出门，安棉棉后脚就跑去南阁楼找晓茴。

这是她第一次进南阁楼。这里丫鬟很多，比北阁楼热闹得多。

她找了一圈才找到晓茴的院子，敲门却无人应，推门一看，晓茴挂在了房梁上。

安棉棉吓得尖叫。

尖叫声引来众人，她们却习以为常。

安棉棉看见她们叫来家丁，把晓茴的尸体放下来，裹上草席，抬了出去。

要送到哪里，安棉棉不知道。

有的人拿手帕捂着嘴一脸嫌弃，有的人咂舌，似是惋惜，有的人看过一眼便离开了，漠不关心。

“姑娘，我们回去吧。”暮迟在旁边说。

安棉棉点点头，转身离开。

她走得很快，好几次差点滑倒。

“姑娘，雪天路滑，慢点。”暮迟在旁边劝道，安棉棉恍若未闻。

突然蹿出了一只狗，安棉棉踩到它，被绊倒在地。

推掉暮迟想扶自己起来的手，安棉棉刚站起身，就看见暮迟抓住那只雪白的小狗，丢进了湖里。

安棉棉眼睁睁地看着那只狗扑腾几下，沉了下去。

她说不出话，她阻止不了暮迟，也无法责备暮迟。

一个衣着靓丽的女子冲过来，扬手给了暮迟一巴掌。

很响，那个女子的叫声也很响。

她在喊，在尖叫，她命令下人去把她的豆哥儿捞出来。

又是一巴掌，打在了安棉棉脸上。

很疼，火辣辣地疼。

她还想再打，被暮迟拦住了。暮迟力气大，楚潇然这样的娇小姐自然敌不过，暮迟声音有些冷漠道："侧王妃息怒，做事前望三思。"

暮迟松开手，福了福身道："奴婢失礼，侧王妃恕罪。"

楚潇然退后一步，被她的丫鬟扶住了，声音颤抖，带着些许恨意："我堂堂正三品官员的女儿，竟被两个奴才欺负到头上，来人，二十鞭，现在就打！"

"小姐不可……"丫鬟芳兰出声制止，还未说完就被打断了。

"我一个侧王妃，连奴才都打不得了吗？"楚潇然厉声质问，"还愣着干什么，打啊！"

王府里的人都知道，王爷对安棉棉有些不同，虽不知原因，但都自觉地敬着她。

加之安棉棉为人和善，性子活泼，从不吩咐别人干活，所以和府里的人关系尚好。

可她现在被入府不满一个月的侧王妃给打了。

冰天雪地里，安棉棉趴在湖边，冰凉的风，让她觉得刚刚那二十鞭都不是那么疼了。

她想哭，却流不出眼泪，王府冬日的寒风能把人的眼泪结成冰。

狗死了，还有人给它出气，替它讨回公道。

人死了，就草席一裹，丢到不知道哪座荒山。

原来有的时候，人命比狗命贱。

管家派人将她和暮迟抬回北阁楼，又请来大夫。

可大夫刚到门口，就被楚潇然的人拦住了，管家好说歹说，楚潇然就是不松口。

最后是管家在前院拖住她，另一个太医从后门进入。

安棉棉迷迷糊糊的不知过了多久，只感觉到有人在她耳边说话，听不太清，还有人给她喂药。

直到第二天清晨她才醒过来，一个小丫鬟趴在她手边睡着了，她刚一动那小丫鬟就醒了。

“我想喝水。”安棉棉声音沙哑道。

小丫鬟立马去倒了热水喂给她，轻声安抚道：“姑娘感觉怎么样？还难受吗？”

安棉棉点头，看了看周围问：“暮迟呢？”

“暮迟姐姐在另一个房间，”小丫鬟给她掖好被子说，“姑娘伤得重，要好好休息。”

“王爷回来了吗？”

“还没有，但是姑娘放心，王爷回来定会为姑娘做主。”

她的身边全是宋裕和的眼线，一举一动都有人告诉他，他一个晚上没回来，只能说明在宋裕和心里，她和晓茴没什么不同。

安棉棉一垂眸，掩下眸中情绪。

宋裕和回府之后才知晓此事，转了转手里的茶盏，面上看不出喜怒问：“为何不禀报？”

面前的黑衣男子听见这话跪地抱拳道：“侧王妃未伤及安姑娘的性命，便未曾告知王爷。”

“未伤及性命？”宋裕和重复了一遍，眼中染了几分阴厉，“你的任务就是监视安棉棉，她的任何事情都需禀报，你现在和我说未伤及性命？”

“属下知错。”

宋裕和放下茶盏，挥了挥手道：“自己动手，下去吧。”

“是。”那黑衣男子从腰间掏出匕首，刺入左手手臂，起身离开了。

安棉棉吃晚饭时听照顾她的小丫鬟说，楚潇然带过来的陪嫁丫鬟，被打了二十鞭扔进冰湖里，溺死了。

楚潇然去质问宋裕和，门都没进得去，就被拖走了，送回到她自己的院里。

掌掴二十，禁足。

后来听说，楚夫人来祯王府想见女儿，但被拦在了门外。

太常寺卿在朝堂上求皇帝主持公道，他放在心尖尖儿上的女儿嫁去王府，却被如此对待。

没承想，宋裕和只是微微一笑，说了句：“既然楚大人不舍，本王就将女儿还给你。”

他当场将休书扔在楚大人脸上，把楚潇然赶出祯王府。走时楚潇然还拿着那包茶叶。

楚大人年事已高，受不得这种气，吐出口血后一病不起。

楚潇然在家中悬梁自尽。

安棉棉知道这件事时已经是深冬，她身上的伤结了痂，府内的人管教森严，不曾在她面前议论这些。

是宋裕和的小妾和她说的。

经过这件事，大家都觉得宋裕和对安棉棉不一般，那些曾经在她面前耍威风的小妾纷纷来巴结她。

宋裕和从没为一个女人做过这些，坊间传言她国色天香，是倾国倾城的美人，把宋裕和的魂都勾走了。

安棉棉也是从那些小妾口里才得知，太常寺卿案引得朝中官员愤怒不已，上折子请求陛下下旨，诛杀安棉棉。

人是太后送入祯王府的，要杀安棉棉就要顾忌太后。若下旨杀她，就证实太后将一个不知尊卑、红颜祸水的女人送到了宋裕和身边。

太后下诏命安棉棉入宫。

不满一年，安棉棉又回到皇宫，领着她走的小黄门有点眼生，大概是新来的。

“欸，这边近些。”安棉棉叫住他，指了指旁边的路说。

那小黄门愣了一瞬，俯首道：“多谢姑娘！”

“无妨。”

两人绕近道走到慈宁宫。

太后身边的大宫女微安见她来说道：“你先在这儿候着，太后老人家在午休。”

这是罚跪。

安棉棉庆幸自己出来时穿了护膝，不然冰天雪地的非得把腿冻伤。

这一跪，就是两个时辰。

今日没下雪，干冷得很，太后终于叫她进去了。

一进屋，就驱散了她身上的寒意。

“安棉棉，哀家召你入宫，可知原因？”

“奴婢知晓，关于楚小姐自裁一事。”安棉棉跪在地上，没有抬头，只能看见烧得正旺的地龙。

“你有什么要说的？”

“此事奴婢并无过错。”

“你没有错？”太后声音威严，一拍桌子说，“你是奴才，她是小姐，主子管教几句就要跑去和王爷哭诉，这就是你从宫里学出来的规矩？哀家送你进府，是让你给王爷排忧解难，不是在他耳边吹风，成为众矢之的！”

“奴婢并未向王爷哭诉，王爷如此做自有他的道理。”安棉棉话音刚落，微安就一个巴掌打在她脸上。

“什么东西，太后的话也敢顶撞？”

“奴婢不敢，只是太后问什么奴婢就答什么，太后没下令，微安姑姑为何打奴婢？”安棉棉抬起头，直视着微安，漆黑的眸子深不见底，“还是姑姑觉得，您能替太后教训奴婢？”

“微安。”微安还没来得及开口就被打断了，太后看了她一眼，看得微安心里发毛，便垂下头不再说话。

“一年不见，模样出落得更水灵，这张嘴也是更伶牙俐齿了，”太后笑着说，声音里却听不出喜怒，安棉棉吓得不敢说话，“你可记得，出宫前哀家说了什么？”

“太后让奴婢……”

屋外有吵嚷声，安棉棉止了话语，太后皱眉道：“去看看。”

微安福了福身离开了。

屋内只剩安棉棉与太后两人。

屋里无人说话，安棉棉跪了良久，一滴泪生生砸在地上。

她用尽量平稳的声音和太后说道："奴婢入府半年，被打死的丫鬟家丁数十人，最大的过错是上错了茶。府内上下提心吊胆，百姓积怨已久，朝中官员更是对王爷所做之事不耻。"

安棉棉手攥成拳，死死咬着牙，那些如花一样的小姑娘，明明在努力活着，却有可能因为打碎一个茶盏被打死。

或许不需要犯错，只要宋裕和心情不好，就有杀身之祸。

宫女传言，祯王喜怒无常，杀人不眨眼，都是真的。

前一天，还和她笑着说："安姑娘，你看我绣的桃花可好看？"

第二天，就被打得奄奄一息。那无助又茫然的眼睛，无声地哀求她救救她。

可她不能开口，她甚至都要装作不知道，继续给宋裕和研墨，还要同他说："王爷，今日梅花开得甚好，让小厨房做梅花烙吧？"

"太后，祯王是您的儿子，可百姓亦是您的子民。水能载舟，可若长此以往，怨声载道，这水怕也能覆了宋家啊。"

安棉棉闭了闭眼，声音凛然道："太后，祯王留不得。"

过了良久，太后才开口，似乎是做了许多挣扎，声音有些颤抖道："容哀家想想，容哀家想想。"

皇帝是太后的儿子，宋裕和亦是亲骨肉，手心手背都是肉，却要让她取舍一个。

太后边说，边要离开。安棉棉赶紧起身扶着她，太后拍了拍她的手，独自走向里屋。

安棉棉这才发现，皇帝不知何时已站在一旁，大概是一直都在，藏在了屏风之后。

皇帝问她还知道些什么。

"祯王不喜纵欲，妻妾虽多，只是掩人耳目。"寥寥几句，安棉棉却花了半年的时间知晓。府里规矩森严，下人们不敢随意议论，她若问多了，定会引起怀疑。更何况她的身边被宋裕和放了不知多少双眼睛。

她的每一步，都如履薄冰、处心积虑。

她是太后与皇帝放在宋裕和身边的一枚棋子，他们互相放了无数棋子在对方身边，被拔除，就再找机会安插进去，如此反复。

安棉棉不知道自己能走多远，或许不出几日，她就会像以前的人一样被识破，死在祯王府。

她也怕，可她不得不这么做，家国家国，为家为国。

“不怕死吗？”

“怕。”

“那为何帮朕？”

“可我更怕宋裕和掌权，世道会变得黑暗，百姓对王朝只惧不敬，光明的人心寒，天下之士闭口不言。”

宋容风看着安棉棉，她说这句时，坚定，无畏，身形瘦小却站得笔直，漆黑的眸子里是熠熠的光芒。

如星光，虽小，却好似真的能照亮前路。

“棉棉，血海深仇压在你身上，辛苦了。”

人就是这样，明明咬咬牙可以受得住，可一旦有人洞察，就仿佛受了天大的委屈。安棉棉的眼泪“唰”的一下就下来了，她哽咽了好久，才慢慢跪下身，行了个稽首大礼，带着哭腔道：“父亲兢兢业业数十载，严守嘉盛关，不是祯王口中贪污受贿，大开城门致百姓被屠杀的庸官。奴婢不怕辛苦，若是有朝一日查明真相，恳请陛下还白家一个公道，还父亲一个清白，让白家上下七十几口，黄泉瞑目。”

她字字泣血，声音颤抖。

“朕答应你！”

安棉棉从清晨入宫，一直到日暮才被放出来。

刚出城门，就倒在了等在门口的暮迟身上。

整个下午，她都跪在慈宁宫的门口。

回府之后就发了烧，宋裕和来时她正抱怨这药太苦，可否加些糖。

“良药苦口。”

安棉棉被吓了一跳，见是他，赶紧将药一口喝下道：“明白明白，王爷说得是。”

宋裕和坐到床边，两根手指捏着她的脸左看看右瞧瞧问：“微安打的？”

安棉棉点头道：“微安姑姑说奴婢不知礼数，顶撞太后，她替太后教训一下奴婢。”

“你顶撞了太后？”

“自然没有，太后问奴婢可知错，奴婢说不知。”安棉棉将在慈宁宫发生的事情一五一十地讲给宋裕和听，“微安姑姑出去之后，太后说楚大人为官几十载，受了此等委屈，总要给他一个交代，一命换一命，要赐死奴婢。”

宋裕和挑眉问：“那你怎么活着出来了？”

安棉棉摇头说：“许是在宫里待得年岁久，未犯过错，太后只让奴婢出去跪着。”

别说宋裕和不信，安棉棉说的时候连自己都不相信，太后把她叫进宫，又不杀她。

养了半个多月，安棉棉的身体才渐渐转好。

她一早就起来，蹦蹦跳跳地跑向宋裕和的房间。今日大雪，他没去上朝，就坐在软榻上看书。

端着丫鬟送来的参汤，依旧是一人一碗。安棉棉仰头喝下，笑眯眯道："试毒真是件好事，能吃到好多好东西。"

"出息。"宋裕和弯了弯嘴角，翻了一页书，刚拿起剩下的那碗参汤，安棉棉就一口血吐出来，倒在了他面前。

有人下毒。

宁格封锁整个王府，不许任何人进出。

三个太医同时验毒，参汤无毒。

可安棉棉的迹象，分明就是中毒。

不知何物引发的中毒，太医也不敢乱开药，只能在她头上和指尖扎针，让毒血排出来一些。

此法只能延缓毒素蔓延，不能解毒。

若两日之内未找到解毒的法子，安棉棉熬不过这个冬天。

宋裕和阴着脸，声音带着狠厉道："去查那日在太后寝宫，她吃了什么。"

得来的消息是，那日给太后送糕点的宫女前几日失足落水，被人发现时已经在水里泡了一夜。

太后原话说："那宫女是个讨喜的，只可惜人各有命，哀家也惋惜。"

说的是谁，大家心里都清楚。

宫里总要给太常寺卿一个交代，宋裕和不杀安棉棉，那她来。

不明着杀她，是不想破了母子的情分。宋裕和是个聪明人，只要安棉棉死了，这事就这么翻篇了。

一天一夜，没想出法子，太医急得团团转。

祯王不比别人，若是救不活这个姑娘，他们三个都要死在这里。

就在他们一筹莫展之际，宋裕和推门进来，三人立马跪地道："王爷再等等，会有办法的。"

"一群废物，"宋裕和嗤笑一声，又问，"血决子能解毒吗？"

"王爷不可！"宁格急忙出声制止，"这是留给您用的，一共只有两粒。"

宋裕和没理他，手指在桌上点了点，又问了一遍："能，还是不能？"

太医面面相觑，而后稍微年长的一人回话道："血决子虽不能解毒，但可以压制任何毒素，有起死回生的疗效，可以说是救命的良药。"

"本王知道了。"宋裕和转身离开，宁格赶紧跟上，刚想开口就被宋裕和一个眼神制止了，"什么时候我的决定需要你多嘴？"

"王爷，血决子是先帝留给您救命用的，一个奴婢的命，不值得。"

"值不值得，不用你来说。"宋裕和拿出一粒血红的药丸放到安棉棉嘴里，声音淡漠道，"本王要救的不是安棉棉。"

宁格攥了攥拳，低声说了句："属下明白。"

安棉棉的性命没那么重要，若放在平时，死了就死了，但现在不行。

太常寺卿楚临泉以献茶之名下毒，毒虽不多，无色无味，但遇热水毒性会增强。一个多年习武体质康健的人，若长期服用撑不过三年，何况宋裕和是娘胎里带出来的病。

楚临泉想杀他。

可他没想到，宋裕和因为自幼吃药，对气味十分敏感，这毒虽无色无味，却会改变茶的香气。

宋裕和生性多疑，让人验茶，果然查出了问题。

同样的茶，宋裕和送给了他的女儿。

冰壶赛让楚潇然带回去的茶叶是在告知楚临泉，他宋裕和什么都知道，并且已经决定出手了。

楚潇然的聘礼足足有五箱，但世人不知，为首的一箱里，放的是楚府旁支嫡子的头颅。

他当众休了楚潇然，让原本骄纵高贵的大小姐颜面尽失，沦为笑柄。

百姓只知太常寺卿气得吐血，却不知宋裕和早就派人在他的茶里下了毒。

楚临泉想用茶杀了他，那么他，就让楚临泉死在自己的毒下。

可现在，太后因为楚临泉而杀他府里的人，这就不行了。

所以，即使要用掉一颗血决子，宋裕和也要救活安棉棉。

她必须活着。

安棉棉醒来时身边围了一圈人，见着她睁开眼都松了一口气。

太医开了滋补的方子，定了十日后再来看诊。

宋裕和没过多久就来了，屋内的人自觉离开了。

他逆着光，安棉棉看不清他的脸："王爷，我梦到娘亲了。"

"嗯。"

"我想和娘亲走，但她不让，"安棉棉闭着眼回想，"她说有人在救我，若我就这么和她走了，那人就白费功夫了。我想来想去，好像也只有王爷能救我，我就回来了。我和娘亲说，王爷待我很好，虽总打我手板，但什么好吃的都会留给我，以前没吃过的小糕点，在王府都吃了个遍。"

说着说着，安棉棉就笑着看向宋裕和，眼睛亮晶晶地说："我一个人在宫里待得久了，没人同我说话，他们都争着抢着去娘娘们的宫里伺候，不愿意和我一起待在没人住的地方。这么些年，都是我一个人生活的，但是自从来了王爷这里，我每天都能有人陪着，有王爷，有宁格，有暮迟，我觉得很满足了。”

说着说着，就睡着了。

太医说，血决子吃下去，刚醒时脑袋会混沌，她第一次不用奴婢，而是自称我，看来是真的没清醒。

这个冬天的最后一场大雪下完，安棉棉渐渐好了起来。一场大病让她整个人都瘦了一圈，原本圆润的小脸，现在都有些尖了。

原本想让她再休养几天，但安棉棉闲不住，说自己再待在房间就要闷死了。

裹得严严实实的刚走到门口，就被侍女拦下了。那侍女小声道：“常公公在里面。”

安棉棉心里“咯噔”一下，常公公，皇帝身边的大太监。

屋内的谈话没避人，加之四周安静，听得一清二楚。

常公公说：“咱家是来给陛下传话的，今日陛下寻得一本上好的棋盘，兄弟二人许久未见，想与王爷对弈切磋。”

宋裕和道：“太冷了，不想去。”

“王爷，咱家会为您备好轿子。”

“本王身子孱弱。”

安棉棉没忍住，“扑哧”一声笑出来，赶忙捂住了自己的嘴。

屋内瞬间安静，门被打开，宁格瞪她一眼沉着脸道：“进来。”

安棉棉小碎步挪进去，和宋裕和行了礼，乖乖站在旁边。

常公公也知道，今日无论他如何说，宋裕和也不会进宫，只能离开。

“宁格，送客！”

他们出去没多久，外面一阵骚乱，宋裕和看了看抻着脖子往外看的安棉棉，无奈道：“去看看吧。”

得了这句话，安棉棉一溜烟小跑过去。刚到门口就看见宁格拿着剑，剑尖滴着血，地上躺着一个男子，旁边跪着一个女子。

那女子抱着那个男子哭喊着，声声泣泪："世间无光明，害我全家，杀我父兄，求陛下为我楚家做主。楚家世代忠良，未死于朝堂，却死在奸佞小人之手，心有不甘，祯王宋裕和，不得好死！"

话音刚落，就被一剑刺穿了喉咙。

安棉棉没看见这一幕，她被人从后面捂住了眼睛，淡淡的药味沁入鼻尖，耳边是百姓的尖叫。

常公公怒道："宁格你竟敢当街行凶，咱家要去禀告陛下！"

"往回走，别看。"

安棉棉抖得厉害，慢慢转身，低声说道："谢王爷！"

宋裕和松开手，牵着她一步一步往府内走，他不想让安棉棉看见那个场景。

没有原因，只是不想，宁格刺穿那人喉咙的时候，明明是计划好的，可他突然不想让她看见，上前遮住了安棉棉的眼睛。

这是宋裕和第一次无法解释自己的行为。

回到屋内，门刚关上，安棉棉就支撑不住瘫倒在地。

眼眶里蓄满了泪水，刚一落下就被擦掉，她死死攥着拳，没发出一点声音。

宋裕和蹲在她面前，语气难得地温柔："不是因为你。"

"奴婢知道，"安棉棉低着头盯着宋裕和锦白的华服，一尘不染，仿佛未沾染过丝毫血腥，眼神悲凉，"楚大人在朝堂之上总与王爷针锋相对，他把女儿嫁给你做侧妃，是想通过楚潇然找出王爷的过错，置王爷于死地。"

"你还知道些什么？"

“那日豆哥儿即使没惊着奴婢，日后也会有别的理由。王爷杀芳兰，休楚潇然不是为了奴婢。”安棉棉闭了闭眼继续道，“奴婢不过是恰好走到了王爷的棋盘上，顺水推舟了一把。”

“还挺聪明。”宋裕和看她的眼神逐渐露出了欣赏。虽然她说得不完全正确，但能猜到这些也是他没想到的，“既然知晓其中的道理，又为什么哭？”

“奴婢没哭。”安棉棉又擦擦眼泪说，“暮迟说王爷不喜欢看见人哭，没掉下泪。”

“哭吧。”哭成这样还能想到这个，宋裕和无奈地笑了笑，问，“为何难过？”

“怕死。”安棉棉抬头看他，眼泪像断了线的珠子一样落下，“怕自己会死，怕王爷会死，怕别人会因我而死。洪水来时父亲和娘亲将我放在屋顶，让我一定要带着弟弟好好活下去，可风太大，我俩被吹了下去。我抓不住弟弟，他与爹娘一样，被卷到水里，再也不见踪影。”

安棉棉逾矩地抓着宋裕和的衣袖，一双黑眸带着泪，带着哭腔道：“王爷，奴婢害怕会像晓茴一样，被人随便挑了个错就打死了；也怕得罪了人，被一刀捅死。奴婢只想做一个普通人，安安稳稳过一生，只想好好活着。”

宋裕和看着她，过了良久将她轻轻拉到怀里，拍了拍她的肩膀。似是轻叹道：“本王会护着你。”

皇帝下令，祯王罔顾国法，纵容属下当街杀人，但念及手足之情，发配到江南封地，五年之内不得进京。

安棉棉十五岁时，宋裕和破例为她办了个盛大的及笄礼。

暮迟说，王爷想让姑娘死去的家人放心。

安棉棉垂眸未应。

她戴着藕粉玉石的簪子，笑着问宋裕和可好看。

宋裕和看了一眼，点头道："和你很配。"

安棉棉看向镜子笑了下，将簪子取下放进首饰盒，没和他说他去年送同一支簪子给晓茵的时候，也说了句，和她很配。

晓茵缠缠绵绵的情义，满心欢喜的期盼，到头来，从未被那人放在心上。

在这里待了三年，新年之际，她上前倒酒，听他问道："今年可想做祯王妃？"

这是他第二次这么问。

自她及笄，每年都问一次。

清酒溢出，顺着桌子流下，宋裕和将一切尽收眼底，从她手中抽出酒壶放在桌上，轻轻笑道："贺礼放这儿，下去吧。"

安棉棉将从圣德寺求来的平安符放在桌上。

去年送了个金边的腰带，几乎花光了她所有的积蓄。

但宋裕和只是瞧了一眼，便丢在一边，颇为嫌弃道："店里花钱就能买来的，没有诚意。"

安棉棉想破了脑袋，才想到去江南著名的圣德寺求一张平安符，足足走了四千九百个台阶才求来的。

下山后，安棉棉一周没下得了床。

这个礼物总该有诚意了吧。

一同下山的夫人说她是个有心的，收到平安符的人定会开心。

安棉棉笑了一下，说了句："或许吧。"

她不常跟着宋裕和露面，所以大家对她很陌生。她在宫里跟着江南的姐姐学过方言，她的声音本来就细细软软，偶尔蹦出来几句方言，倒也可爱。

她还教暮迟说过，教了几句便放弃了，笑道："我自己都不怎么会说，还教你呢。"

求符后，她问一旁的小和尚："会灵验吗？"

那和尚先是"阿弥陀佛"了一句，然后同她说只要心诚，佛祖会听到的。

安棉棉谢过他，看着佛祖久久没说话。

她在心里同佛祖说，若您真的存在，求您开眼看看，宋朝的子民，究竟活在什么世道之下。

她求佛保佑，莫让宋裕和平安，保佑皇帝坐稳皇位，以仁德治民。

江南的冬天没有雪，没事的晚上，安棉棉就搬个软榻躺在院子里盖着毯子晒月亮。

宋裕和来过几次，不明白她的行为。

她说："吸日月之精华。"

"白天为何不晒？"宋裕和问。

"会黑。"

"……"

宋裕和无事时，就会叫安棉棉过去一起喝个茶，下个棋。在江南的这三年，她的棋艺进步不少。

那是来江南的第二年，他忙了一年，安棉棉也自觉地不去打扰他，许是因为回到了家乡，总往外跑。

新年的时候，她穿了件明黄的袄服。这一年她把自己养得不错，脸圆圆的，他想着逗逗她，那句"可想做王妃"就脱口而出。

却见她好像听了什么骇闻一样跪在地上，眼睛里的无措是真的。

他也是没想到会得到这个反应，本就是无心之言，便让她退下了。

但不知为何，他心里一直在意这个事，所以没过几天又问她为何不愿做王妃。

她低着头，不敢说话，忽闪忽闪的大眼睛望着他，带着试探问：“说实话吗？”

宋裕和有些时候真的很无奈，怎么会有一个人又聪明，又傻。

“王妃要出身高贵，才能配得上王爷，”安棉棉抱着暮迟拿来的汤婆子垂眸道，“再者说，王爷也不喜欢我。”

宋裕和本想反驳，但转念一想她说得也对，自己的确对她没有喜欢。

“你不想做王妃，那你想嫁给谁？”

“若王爷喜欢我，即使被人嘲笑出身，我也愿意。”安棉棉笑着看着他，眼睛里是不加遮掩满满的情意，“若王爷不喜欢我，我会陪着王爷，找到真正的王妃。”

宋裕和见过无数女人，或娇或媚，或聪明或愚笨，有人贪图他的权势，有人忌惮他的地位。安棉棉同她们一样，会惧怕他，提心吊胆地在他身边伺候着，说着阿谀奉承的话。

可总有些不一样的地方，让他有兴趣去探寻。

不知怎的，宋裕和突然觉得，自己三年前在京城祯王府遮住她眼睛是正确的。

这双眼睛，清明，通透，纯净，明白世间复杂多变，却依然明亮干净。

就如同她自己所说，她什么事都不想去管，只想好好活着。

开春的时候，皇帝派人来协助宋裕和治理江南水患。

哪有什么水患，无非就是提点宋裕和安分守己，莫生事端。

安棉棉一早就收拾好，要去听说书。

自半年前开了个庭轩阁，她偶然一次溜达进去，就迷上了听书。这老先生每每晨间开场，只说一场，她总赶不上，好不容易求了宁格帮她排队，要赶紧赶过去。

“安姑娘。”刚一出府就被人叫住了，安棉棉回头，才发现门口停了辆马车，从马车上下来一个暗蓝官服的男子，带着笑，向她作揖，“许久未见，别来无恙？”

安棉棉左看看右看看，确认他是在和自己说话，问道：“你认识我？”

“在下赵安皓。”

“原来是你啊，舟车劳顿，辛苦了。”还没等他开口，安棉棉就打断他，“先不和你说了，我赶着去听书呢，回头见！”

安棉棉跑了几步，又回头看了一眼，见他还立在那里。她转过头，继续朝庭轩阁跑去。

紧赶慢赶，终于在开场前赶上了，她拍了拍等得不耐烦的宁格说：“多谢宁公子出手相助！”

宁格打掉她的手，嫌弃地拍了拍肩膀说：“看完早些回去。”

自安棉棉中毒醒来，宁格就没拿正眼看她，这会儿还好些，前些年话都懒得同她说一句。

宋裕和问她是哪里得罪了宁格，安棉棉茫然地摇头，想了一个晚上无果，就随他去了。

其实她明白，宁格还在介意她体内的血决子。

听完说书，又去城南的点心铺买了份糕点才慢悠悠地回府。江南点心铺的手艺比满街香差远了，也许是因为安棉棉吃不惯江南的味道。

不仅是糕点，江南的饭菜她也吃不惯。

但她无法表现出来，只能装作爱吃的样子，笑眯眯地同宋裕和说：“好几年没吃到了，还是小时候的味道，可合王爷口味？”

宋裕和好像没什么爱吃的，待在他身边四年，安棉棉只观察出他不喜甜，不吃辣，不爱吃鱼。去年有一顿饭多吃了几口豆腐，第二天上的时候却一口也不吃。

好似这世间的食物，没有他特别喜爱的。

但有一点，他心情不错时，爱喝花茶，这是安棉棉观察了好久才发现的。

他惜命，又不惜命。

那么苦的药，一天三次，他眼睛都不眨一下地喝下去，极少喝酒，不常真的动怒，早睡早起，天气一冷就将自己裹住，不沾一点冷风。

可老大夫说让他多静心，少劳神伤身，喝茶太多，会减轻药效。

他却怪那大夫医术不精，不给他开不会被抵消药效的药。

气得老大夫吹胡子瞪眼，大骂着再也不给他看病了。宁格在一旁好声好气哄着，宋裕和微微俯身作揖，笑道：“神医息怒，动气伤肝。”

安棉棉都看傻了，这还是她第一次看见宋裕和向一个人服软。

见她实在好奇，圆溜溜的大眼睛在两人身上转来转去，宋裕和忍不住道：“想说什么就说。”

“王爷这样看起来真有人情味。”

对上老大夫别有深意的目光，像只老鹰一般，安棉棉也回看他，无辜地眨巴眼，眼里带了些探寻。

后来宋裕和告诉她，这个老大夫是他的救命恩人，若是没有他，他不会活到现在。

他游历四方，每隔几年就会找上宋裕和，为他复查一次，若是宋裕和情况不好，他便会在王府住上几日。

“看起来脾气不是很好，”安棉棉笑道，“这次神医这么快就离开了，想来王爷的身子没什么大碍。”

宋裕和点点头，示意她倒茶：“他只留下过一次，好些年前，我在嘉盛关受了伤。”

安棉棉的手微不可察地抖了一下，滴了两滴在桌上，面上不动声色地皱眉道：“这茶是谁泡的？”

将茶杯拿给宋裕和看，里面有茶渣。

刚说完就意识到是自己泡的，偷笑一声道：“我去再泡一杯。”

做贼心虚的小表情让宋裕和不禁莞尔，刚开口就被安棉棉拿手捂住嘴，听她在耳边急忙道：“不打手板！我马上换！”

说完，一阵风似的跑了。

安棉棉刚出门就遇到了进门的宁格，两人都吓了一跳。茶壶脱了手，安棉棉手疾眼快地把住门板才没摔倒。

宁格把接住的茶壶递给她，侧身走进屋。

安棉棉朝他的黑影做了个鬼脸，比画了几下小拳头之后也离开了。

重新端茶进来时，屋里在说明日去海域视察的事。

江南临海，早些年倭寇猖狂，屡屡进犯。自宋裕和来了之后，以雷霆手段砍了倭寇头领的脑袋，才震慑住他们。

安棉棉将茶杯一放，笑眯眯地给宋裕和捶肩：“我也想去。”

“不准。”宋裕和薄唇轻启，说出了安棉棉不想听到的话。

安棉棉瘪瘪嘴，意料之中。

春日的夜晚总是无聊的，安棉棉睡不着，独自在王府花园里溜达，江南四季如春，夜晚的小风吹着很是惬意。

“你怎么在这里？”突然冒出的声音，把安棉棉吓得蹦出十米远，惊恐地看向身后。

宁格一身黑衣皱着眉头站在那里，安棉棉指了指不远处的池塘问道："你刚刚不是在那儿吗？"

"你看见我了？"

"废话，我又不瞎！"她早就看见宁格一个人站在那里也不知道在想什么。她才不关心，两人井水不犯河水，本想装作没看见就过去了，没想到竟把自己吓了一大跳。

真烦人，真烦人。

安棉棉不想理他。

"你在这儿干吗？"宁格看了看周围，皱眉问她。

"我睡不着出来溜达溜达，"安棉棉没好气地答道，瞅了他一眼，目光下移停在他的手上问，"受伤了？"

宁格闻言，下意识地把手藏在身后，说了句："夜里凉，赶紧回去。"便要离开。

"平安顺遂，百姓和乐，不就是高位者所希望的吗？"安棉棉望向他的背影问道。宁格仿佛没听见一般，未作停留。

因为几年前中毒，安棉棉醒来之后身子一直不太好，虽然她自己觉得自己挺健康的，但每每大夫给她把脉都是一筹莫展，好像过不了多久，她就要不行了一样。

她觉得自己现在能吃能睡、活蹦乱跳、生龙活虎的，而且已经两年没生过病，没有他们想的那么严重。但天一冷宋裕和就不让她出门了。

她爱听戏，宋裕和就让戏班子到王府表演；想放孔明灯，就找做这个的小贩到府里做，下人们陪着她放。

总之，做什么都行，就是不能出门。

所以，每年从入冬一直到开春，她都很少出府。

这会儿终于能出去了，安棉棉就天天往外跑。

昨天听人说今日城北竹林那里有个诗会，江南经常举行诗会，连街上三岁的孩童也能背上几首诗。安棉棉只在第一年来时跟着宋裕和参加过一次，十分盛大，只是刚到日暮就被要求回去了。

说她舟车劳顿，要多休息。

这次她趁着宋裕和公务缠身无暇顾及自己，便跟着他前后脚出了王府。

安棉棉给暮迟留了封信，让她领完边陲小国献上的首饰就去城北找她，然后带上备好的点心，插上最近很喜欢的发簪就乐颠颠地出门了。

骑着宋裕和专门给她配的小马风铃，没一会儿就到了城北，但四下安静得不像是有诗会的样子。

安棉棉放慢了脚步，警惕地观察四周，手下意识地摸了摸脖子上的哨子，却没有摸到。安棉棉这才想起来，前几天她随手摘了下来，一直忘记戴上了。

宋裕和得罪的人太多，他们杀不了他，就会从身边的人下手。他给安棉棉哨的时候说，若是遇到危险就吹哨，方圆十里，定会有暗卫来救她。

这是宋裕和暗中的势力。

竹林风响，窜出来两个黑衣人，蒙着面，拿着刀，把安棉棉围住了。

“你们是谁？”安棉棉冷声问，“来杀我的？”

“上！”那黑衣人没有理她，挥着刀向她冲过来。

刀剑寒光，那黑衣人的刀还没靠近安棉棉，就被一根银针打穿了。

三人皆是一愣，下一秒，第二根银针就刺穿了其中一个黑衣人的眼睛，只听那人痛呼一声，倒在地上痛苦地挣扎。

一声哨响过后，一个黑色的身影，戴着面具，从空中落下，挡在安棉棉面前。

不一会儿，又出现了数十个黑衣人，将安棉棉围成一个圈。

“你有几分胜算？”安棉棉看着他问。她一直都知道，自打她入王府以来，身边就一直有人盯着，是宋裕和派来监视她的。

与暮迟一样，只不过，一个在明，一个在暗。

四年来一直未曾现身，现在出来了，只可能是情况凶险，不得不露面。

“属下已联系支援，一会儿找到机会您就骑马离开。”那人只说了这一句，就拔刀刺向那些黑衣人。

他武功高强，那些人竟一时间近不了身。

但终究是双拳难敌四手，两人被慢慢逼近，那人纵使武功再强，但带着安棉棉也难免受了些伤，后来终于找到机会，将她推向小马。

“快走！”

安棉棉翻身上马，往林外跑去，但没跑几步，一支箭就刺穿了风铃的肚子。

马儿吃痛，将安棉棉甩了下去，重重地摔在地上。

七八把剑指着安棉棉，让她不能动弹。

暗卫还在和那些人厮杀，但动作渐渐慢了下来，血顺着剑慢慢滴落。

“你跑啊！”安棉棉大吼道，“他们的目标是我，你回去找王爷救我，别在这里送死！”

话音刚落，暗卫就被刺中了腹部，剑尖朝下撑着地。他转过身，朝安棉棉的方向跪了下去，下一秒又有剑从背后刺穿了他的胸口。

“愚忠！”安棉棉声音沙哑，大滴的泪水滑落，看着他慢慢倒了下去，“愚忠……”

那人在她身边四年，她只在那次冬夜见过他的影子，不知样貌，年纪，脾性。

这世间为何会有这样的事？

宋裕和派人杀了她的全家，可宋裕和的人，为了救她而死。

那些人将安棉棉绑了起来，蒙上眼睛，带着离开了。

她只感觉马背颠簸，走了不大一会儿就让她下来，又往下走，好似是在地下。

这么短的路程，大概是没出城。

他们将安棉棉绑在椅子上，扯开她脸上的黑布。

是在漆黑的地下，等了没一会儿，就下来一个老者，六七十岁的年纪，拄着拐杖，时不时咳嗽一声，在她面前坐下，语气颇为客气道：“姑娘得罪，我是想来向姑娘求个东西，救我家小儿的性命。”

有人从暗处走来，拿着刀和碗，放在安棉棉手边。

“老头子我老来得子，六十岁才有了这一个儿子，天生顽疾，只得靠血决子续命。”那老者说到这里，安棉棉就意识到了他想做什么。

坊间一直有传言，血决子能治百病，体内有血决子之人的血，亦有让人起死回生之效。

她之前还问过宋裕和是否有此事。

宋裕和冷嗤一声道：“无稽之谈。”

可有传言出，就会有人信。

“那你可知道，四年前祯王侧妃，太常寺卿之女楚潇然，是因何而死？”安棉棉眯了眯眼，手握成拳问，“你想取了我的血救你儿子，只怕到时你们都活不了。”

楚临泉下毒一事没几个人知道，多数人只道是祯王偏宠安棉棉，为她不惜休了刚娶进门不到一月的侧妃，还几乎灭了楚家满门。连太后也只是训斥了祯王几句，奈何不了安棉棉。

“那是我的儿子！”那老者如同疯魔一般大吼出声，“他才七岁，就得了绝症，全江南的大夫都治不了，我苦苦求了佛祖数十年才得来的儿子，我一定要救活他。”

“动手！”

匕首划破手腕没有安棉棉想的那么疼，她只是有点冷，已经放了两碗血，意识渐渐模糊。

她想起了好多事，好久好久以前的事情，那时还在嘉盛关，父亲抱着她站在城楼上，胡子有些扎脸。

说的什么，安棉棉已经记不清了。她只记得嘉盛关的风有些大，站在城楼上的哨兵哥哥站得挺拔，个个是保家卫国的热血男儿。

可突然有一天有人来说父亲是坏人，是父亲打开城门让外族入侵的。又过了没几天，就有好多人冲进来，杀死了看门的大黄狗，杀死了早上还给她编辫子的奶母。

那夜还下着雨，枯井里比现在还冷，母亲让她一定不要出声，然后盖住了井口。

她看见血顺着石壁滴下来，她害怕，想哭，可她不敢。

又过了不知道多久，她又饿又困，想喝水，也是像现在这样意识模糊之时，有人移开了盖子。

有光照进井里，那人探着头，问她还活着吗？又让她再等会儿，一会儿就救她上来。

后来，她被淑妃娘娘的人接进了宫，她问淑妃为何收留她？

淑妃说自己与母亲年少时是好友，好友之女，不可不救。

她又问，父亲真的叛国了吗？

淑妃让她忘记这件事，宫里除了太后和皇帝，再无人知道她的真实身份，让她就用安棉棉的名字好好生活下去。

母亲也希望她好好生活下去，可人们都觉得嘉盛关城主是卖国求荣的大奸臣，她想为父亲证明清白。

她为了这件事，努力了十三年。

“安棉棉！”耳边传来宁格的声音，安棉棉恍惚了一下，睁开眼就看见宁格皱着眉看着自己。

真是可笑。

宁格杀她全家，到头来，又救了她。

安棉棉弯了弯嘴角，眼神悲凉。

他们回府时，宋裕和正在和赵安皓下棋。见他们这个样子，赵安皓立马起身皱眉道：“怎会如此？”

安棉棉脸上毫无血色，手腕被简单包扎着，还渗着血，偶尔轻眨一下眼，才能让人知道她还活着。

宋裕和找来老神医，那老神医正巧在江南周边游玩，还没玩尽兴就被人架走，看见祯王府三个大字登时气得要打人，可见到安棉棉时又严肃起来，将人都赶了出去。

这是他看病的习惯，有人在，影响他诊断。

众人退出来后，宋裕和转了转玉扳指，看了眼宁格问：“人呢？”

“地牢里。”宁格自然知道说的是抓安棉棉的人。

其实这件事很简单，有人有意让安棉棉听见今日会有诗会，即使她这次不去，以后总会有机会。

也是宋裕和大意了，觉得江南是他的地盘，统治三年定不会有人敢放肆。

还真有人敢在太岁头上动土。

宋裕和只是去地牢溜了一圈，将那七岁的孩子往地上一扔，扔在老者面前笑着问他："爱放血是吗？"

他笑得残忍，如同地狱来的恶鬼，任老者如何乞求都不管用，只能看着他用匕首划破儿子的手腕，放在水里。清澈的水瞬间被染红，他儿子疼得痛苦地呻吟。

宋裕和却好像碰了什么脏东西一般，擦了擦手，转身离开了。

离开前说了一句："所有人，放干血。"

短短六个字，就要了数十个人的命。

那日的血，流满了地牢。

太医之前说，血决子有起死回生之效，是救命的良药。

可这良药，也只能救人一条命。

服用血决子，可以压制住体内的毒素，但若再出现危及生命的事情，救不回第二次。

老神医喂她吃了粒补血的药丸说："小姑娘，年纪轻轻就这么糟蹋自己的身子，等你老了会后悔的。"

如鹰一样的眼睛看着她，好似要从她脸上看出什么。

"事发突然，棉棉也没想到。"安棉棉微微一笑，声音虚弱。

老神医看着她笑了笑，没说什么，起身打开了门。

本就靠血决子续命，又从马上摔下来，五脏六腑都受了伤，被放了血，能活着回王府，已是不易。

至多一年。

“准备后事吧，救不了。”老神医扔下一个药方就离开了。

开的全是续命补血的药。

安棉棉叹了口气，自己都能预料到将来的生活。

也许是习惯了，熬得很苦的药，她竟然也能和宋裕和一样一饮而尽。

江南入夏的时候，安棉棉能下床了，听说赵安皓要离开，便想去送送他。

“这赵安皓定是因为江南酷暑，才寻了个理由逃跑的。”安棉棉同暮迟说道，吃了口糖糕笑得眼睛都眯成了一条缝，又看了看她问道，“你在收拾什么呢？”

“王爷说让姑娘一同回京。”暮迟道。

安棉棉起身就去找宋裕和。

“为什么让我回京？”安棉棉直奔主题。

“宋容风手里有能救你命的血明子，你先回去养病，等你好了，我再去接你。”宋裕和啧了一声，似是嫌她打乱了自己的思绪。

“陛下无缘无故为何要救我？”

宋裕和放下手里的兵书，沉吟一声道：“当弟弟的，如何能不救自己的嫂子？”

安棉棉结结实实愣在了原地，一时不知该说什么：“王爷……”

“我不想看见你死，姑且认为我喜欢你。”

安棉棉总以为，若宋裕和喜欢自己，那她偷得情报的概率可能会大一些。可她从来没设想过，这一天会如何到来。

她总该替他挡一箭，抑或是被毒打也不供出他，让他感动，让他相信她。

怎么也没想到会是这样。

很平常的一天，宋裕和翻着书，随口就说出了我喜欢你。

安棉棉回京那日，宋裕和没送她，用他的话说，就只是离开一段时间，又不是永远都见不到了。

五年之期即将结束，宋裕和便可离开江南封地。

因为顾及安棉棉身体不好，车马行得慢，走走停停二十多天才到了京城。

安棉棉被暮迟扶着下了马车，同赵安皓告了别，看向祯王府的牌匾。

有一瞬间，恍如隔世。

四年未归，府内依然干干净净的。

北阁楼的陈设丝毫未动，安棉棉睡了个午觉，起来之后就听暮迟说，太医来好久了，一直在外面候着。

安棉棉一看，还是那两个太医，不禁莞尔道：“劳烦大人了。”

能救安棉棉的，只有皇帝手里的血明子，现在扎针喝药，只能暂且保命。

安棉棉一直在王府待着，原先的小妾早在宋裕和去江南时就被打发走，现在倒是空旷得很。

很偶尔地，看见院里的树时，会想起晓茴。

也不知道这个姑娘那时是以什么样的心情自杀的，因为一句夸奖被送入了王府，不幸爱上了王爷。

真是痴傻，安棉棉想劝她，可她最终没有。

任由她沉沦，然后死去。

她不敢劝，她要在王府活下去，就要谨言慎行。

一直到树叶变黄，才得来宋裕和回京的消息。

安棉棉站在府门口，看着四马同拉的马车平稳地行驶过来。车帘掀起，宋裕和一身锦衣坐在马车内笑着。

“五年未到，王爷怎么回京了？”她问。

京城的秋风很凉，吹起地上的枯叶，吹动安棉棉的裙角。

宋裕和的话随着秋风吹来，语气平淡却温柔。他说：“来与你成婚。”

安棉棉的眼泪一下子掉了下来。

皇帝说，安棉棉不是祯王妃，受不得血明子。

所以宋裕和回来了。违抗圣旨，回来与安棉棉成婚。

婚期定在十一月初二，是个黄道吉日。

定了婚期，宫里派人传话，明日便会接安棉棉入宫治疗。

安棉棉到正院时，宋裕和正在下棋，有家丁来上茶，分成两杯。

宋裕和拿起茶杯，却被安棉棉按住手说：“王爷，还未试毒。”

拿银针试了毒，宋裕和未喝茶，只是拿在手里转了转茶杯，问她：“该下哪儿？”

安棉棉垂眸道：“我不知道。”

“是场死局。”宋裕和自己答道，走了一步黑子，又是许久的沉默。

安棉棉拿不准宋裕和的心思，便不再说话。过了良久，却听宋裕和道：“棉棉，为何要这么做？”

他知道了。

她给宋裕和铺了条死路。

她将画有自己四年来查到的宋裕和所有势力的分布图藏在发簪里，故意被绑架，趁乱把发簪交给其中一个黑衣人，由他交给赵安皓。

她制造混乱，以此转移宋裕和盯着赵安皓的眼线。

安棉棉做了个局，以身为饵，让宋裕和回京。

回京之后，若不造反，只能眼睁睁地看着皇帝斩了他的眼线，小半生的心血付之一炬。

若是造反，皇帝打开城门让宋裕和回京，这是做好了万全的准备后，请君入瓮。

安棉棉都懂的道理，宋裕和不会不知道。

但他回来了。

安棉棉不知道自己在他心里究竟有多重的分量，无论是出于什么目的回京，只要回来，就再也出不去了。

“十三年前，嘉盛关城主白家灭门一事，王爷可还记得？”往事一幕幕浮现，那夜的惨叫声，母亲慌张地将她扔到枯井里，让她千万别出声。外面的人杀红了眼，鲜血顺着地面流下来。

一滴，两滴，三滴……慢慢成了一小摊。

她不知道那是谁的血，或许是娘亲的，或许是哪一个丫鬟的，又或许是家里看门大黄狗的。

“白家上下七十几口，一夜之间全死光了。他们说父亲卖国求荣，不敬皇权，所以祯王派手下宁格屠杀白府。”

安棉棉说到这里就不再继续了。

她突然不想说了。

那些过往，那些鲜血在她脑海里重复了一次又一次，她无数次幻想自己要如何带着仇恨去质问宋裕和为何如此，可真到了这一天，她说不出口了。

“王爷会反吗？”

没得到回答。

安棉棉语气放缓带着真心问：“造反，反的是王爷你们宋家的天下。游山玩水，锦衣玉食，人人尊称一声祯王，不好吗？”

她想看宋裕和的表情，刚想抬头就被捂住了眼睛，就像四年前京城祯王府门口时那样。

这双手常年都是凉的，由于身子不好无法习武，手上没有茧子，但是有好闻的药香味。安棉棉听他说道：“别睁眼。”

声音很轻，轻到安棉棉听不出情绪：“你叫什么？”

“桑语，白桑语。”

“桑语……”安棉棉听宋裕和呢喃一句，语调平缓，带着温柔道，“去了宫里好好养着。”

“去吧。”

他什么都没说，却都回答了她。

安棉棉坐上宫里派来的轿子，轿帘慢慢放下，宋裕和没送她。

他不想听她说下去，甚至不敢看她的眼睛。

他慌了，这一次的惊慌，不亚于那次她毫无血色地被宁格抱回来的时候。

他原本只是试探地问了一句，可她开始的沉默，就让他仿佛沉入湖底。

原来真的是她。

不是没调查过，也不是不听宁格的劝，或许从一开始，他掐死她，事情就不会变成这样。

可他没有，一开始的心软，造成了他的节节败退。

回京之前，他去了圣德寺一趟。

四千九百个台阶，她为了一个平安符竟然真的走了下来。

有和尚问他来做什么。

他也想问，一个从来不信佛的人，来寺庙做什么呢？

他说，来看看佛。

那和尚阿弥陀佛一声，同他说：“有些事情，连佛祖都不要告诉。”

宋裕和还是反了。

宋裕和被御林军围在中间，他站在那里，宁格倒在脚下。他看着周围的人，突然笑了，声音苍凉道：“母后，这是你第二次要杀儿臣了。”

偌大的一个皇城，竟无一人站在他身边。

他被抓的消息传入后宫时，安棉棉正在看书，看的是民间的爱情故事。

她轻轻“嗯”了一声，放下书准备睡觉。

辗转到半夜也没睡着，索性起身，没让宫女跟着，自己披了件披风。

在江南王府时也总这样，睡不着时就在花园里转转，却没想到迎面遇到了皇帝。

止了她的礼数，让她过来一同下棋。

“陛下会杀祯王吗？”

“朕若考虑好了，也不会烦闷到大晚上在这里下棋。”宋容风轻笑一声，又叹了口气。

安棉棉抬头看了一眼，又收回目光，落子。

他与宋裕和眉目只有两分相似，皇帝出生时太后已经是皇后，所以他才是宋朝的嫡子，名正言顺地成了太子。

母后疼爱，父皇管教，师从太保，学的是治国之策，包容大度，刚柔并济。

与宋裕和截然不同。

这样的人，才最适合做皇帝。

“杀了祯王，百姓会认为陛下是个圣明的君主，百利而无一害。”安棉棉淡淡道。

话音刚落，这一子，却落错了地方。

两人都愣了一下。

“悔吗？”宋容风问。

“落子无悔。”安棉棉看着那颗下错的黑棋坚定地说道，“陛下莫要忘了答应我的事。”

又是一阵沉默。

“陛下，我想去看看他。”

一局终了，安棉棉终于开口，带了些期盼。

宋容风抬眸，眼前的姑娘模样未变，眼神却黯淡不少。

在江南的四年，有时半年才传回来一次消息，有时甚至一年。

太后说安棉棉可能会叛变，他说不会。

他一直相信，有明亮坚毅眼眸的人，不会忘了自己的初心。

他点头应允，张了张嘴，没说出别的话。

宋裕和半靠在墙边，仿佛他所处的不是牢房，而是王爷府的庭院，气定神闲。

安棉棉不得不承认，宋裕和身上与生俱来的贵胄气质，旁人学也学不来。

听见她来，宋裕和有一瞬的惊讶：“来，棉棉，过来坐。”

安棉棉走进牢房，身后跟着端着毒酒的小太监，放下后头也未抬地离开。宋裕和低头笑了笑说：“宋容风竟然同意你来……”

“是我要来。”安棉棉打断他。

宋裕和怔了一瞬，复又笑了：“挺灵的。”

也不知这个“灵”，说的是什么。

“陛下不想杀你，手足相残，为人耻笑，”安棉棉坐到宋裕和对面，看着桌上的酒盅，“这酒，是我求来的。”

“于公，王爷杀人无数，民怨已深，意图造反，是大逆不道之罪；于私，王爷杀我全家，我要给他们一个交代。”

安棉棉拿起酒盅将酒倒满，却有几滴洒在外面。

还有一个原因，宋裕和素来自傲，不会苟活。若他失势回到王府，这一路，比杀了他还难受。

安棉棉不想让他如此难堪。

“我五岁入宫，淑妃娘娘抱着我说，宫里她还说得上话，要我乖乖的，待到及笄找个好人家嫁了。我问她，父亲真的有异心吗？她摇头，和我说我的母亲是一个正直又有眼光的人，她看中的人绝不会做这种事。我又问她，不报仇吗？她捂住了我的嘴，让我忘了这件事。”

一滴泪掉在地上，瞬间不见踪影：“淑妃和我说，祯王是太后的亲儿子，皇帝的亲哥哥，皇亲国戚，动不得。可是死的人是我的生身父母，七十几口人的命。一句皇亲国戚，就过去了？小时候我不懂，只听人说，如果报了仇，他们就能回来。我在淑妃宫里待了三年，她见我不死心，便将我赶出去，安排在一个没有人住的宫里。她说，复仇的路上无人敢帮我，只能靠自己。我去查了王爷生平，花了六年的时间，去了解你。”

“你都知道些什么？”宋裕和转头看她。

“全部。”

太后原先只是贵妃，为了搞垮当时的皇后，托人从宫外带了流产药，彼时她已有六个月身孕，怀的正是宋裕和。她为了坐上后位，要杀自己的骨肉，可宋裕和活下来了，但因为这药，天生虚弱，百病缠身。

太后生下宋裕和的后五年，或许是忙于和皇后争权，或许是有愧于他，无颜面对，所以对他不管不顾，不冷不热。

当时的若宜公主是皇后唯一的女儿，与宋裕和同岁，宫里只有他们两个孩子，若宜生性活泼，性子单纯，但很爱哭。

即使贵妃和皇后争得不可开交，若宜还是一口一个“皇兄”地叫着。

宋裕和不愿理她，可她像个跟屁虫一样走哪儿跟哪儿。

终于有一天没忍住，宋裕和问她可知两个人的母亲是宫中死对头，换作别人避嫌都来不及。

可若宜一下子就委屈地哭出来，说：“可我是你的妹妹啊。”

就这么一句话，让宋裕和发不出脾气。

之后的几年，二人关系慢慢变好。但皇后倒台，若宜中毒，凤禧宫被封。

能救她的，是先皇手里的血决子，他去讨，龙颜震怒，被禁足宫中。

宋裕和不顾圣旨，冲进去看若宜。若宜原本红润的脸颊消瘦得可怕，见到他来，笑着说：“我就知道皇兄会来，下辈子若宜还想当你的妹妹，那时候你可要一开始就宠着我。”

那个本来爱哭的小公主，最后到死，也没掉一滴泪。

有些事情，安棉棉并不能知道全貌，只凭着他人所述和史官的记载去窥得一二。

复仇的希望渺茫，她一直在宫里等着。

终于等到机会，她拦下在御花园闲逛的太后，自请去祯王府做眼线，成与不成，她都不悔。

临走之前她问太后：“我像若宜公主吗？”

太后有些恼怒，可她却开心。

她像，太后觉得像，宋裕和也会觉得像。

不需要一模一样，只要把握好度。不会有人刀枪不入，若宜是宋裕和在宫里唯一的善念。

所以，她赌宋裕和不会杀她。

安棉棉絮絮叨叨地说了许多，幼时的趣事，在宫里的孤独，来王府之后的谨慎，说得口干舌燥时，还拿起他的茶杯喝了一口，语气平淡，像是真的在同朋友讲故事："江南百姓过得心惊，但我没有。除了怕被王爷发现之外，其余时间还挺开心的。王爷待我的好，我能感觉到。"

安棉棉一共赌过两回。

太后送她出宫之前告诫她，宋裕和不喜人哭，眼泪于他而言是最无用的东西，可安棉棉觉得恰恰相反。

越是心冷之人，越能被泪水融化，所以她赌了，赌自己在宋裕和面前学若宜公主哭，他会心软。

当宋裕和掐着她的脖子，最后却松开手时，安棉棉就知道自己赌赢了。

越是城府深的人，越喜欢心思纯净的，一如宋裕和。

安棉棉不傻，她只是在保留纯净，聪明且纯净，这恰恰是最吸引宋裕和的地方。

他这个人向来自傲，觉得自己不会喜欢上安棉棉，即便喜欢了，也不会为她乱了部署。

所以，安棉棉赌了第二次。

拿自己的命，赌宋裕和会回京，原本的血决子一旦失效，就只有先帝留给当今皇帝的唯一一个血明子能救得了她。

若她赌输了也无妨，发簪里有宋裕和在江南所有的兵防部署，和近一半的暗卫组织。

这些拿给皇帝，足够断了宋裕和大半的羽翼，让他至少在十年内构不成对皇权的威胁。

当宋裕和的马车出现在京城祯王府时，她就知道，第二次，她又赌赢了。

也许是因为她，也许是因为他的自傲，他总归是来了。

可当她真的在牢里看见宋裕和的时候，她竟一时不知道该哭，还是该笑。

“在宫里时，我盼望着王爷哪天旧疾复发，心想什么时候能下来一道雷劈死你。”说到这里，安棉棉自己都笑了，笑着笑着，却掉下泪来，不再说什么，起身离开。

“棉棉。”宋裕和叫住了她。

“往后，不管发生什么，好好活着，对得起这颗血明子。”

安棉棉停住脚步，背对他站了许久，最终一句话没说，缓步离开了。

“下辈子，别再遇着我了。”

太监回报说，祯王给了他一沓纸，让他转交皇帝。

宋容风打开，上面是安棉棉四年以来每月的用药、症状、忌口。

一字一句，详尽细微。

“好像还说了一句满街香的绿豆糕，奴才没听清，王爷就说罢了，让我离开了。”

小太监满心疑惑，难道这绿豆糕如此好吃，竟能让人临死都还记着。

“陛下，要和白姑娘说一声吗？”小太监问。

“不用了。”

宋容风又去找安棉棉下棋，当时她正在午睡，他没让人叫她起来，而是一直等她醒来。

桌上的棋盘僵持不下，安棉棉走近瞧了瞧，问道："陛下答应我的事，怎么样了？"

宋容风的手一顿，似是在思量如何同她说。

"有密探查出，白城主与邻国有多封来往书信。"

他说得委婉，安棉棉却听懂了。她睫毛颤了颤，愣了好一会儿，声音有些破碎："会……会不会有人模仿……模仿我父亲的笔迹？淑妃娘娘说我母亲是一个正直的人，不会看走眼的。"

宋容风没说话，他必定是彻查清楚后才来告知她的。

刚想伸手安慰她，却见她缓缓朝他跪下。

一个稽首大礼："罪臣之女白桑语……"

下一句，却如何也说不出口。

豆大的泪珠一滴一滴地掉落，安棉棉下意识想用袖子擦掉，才恍然发觉现在已经不需要忍着了。

原来宋裕和最后的那句无论发生什么，都要好好活下去，说的竟是这个。

原来宋裕和早就知道，她的父亲确实卖国了。

只有她，一心坚定地要替父报仇，为白家洗刷冤屈。

原来一开始，就是个笑话。

天大的笑话。

可宋裕和到死都没告诉她。

他说的那句本王会护着你，竟真的做到了。

尾声

宋裕和死的第二年，安棉棉回到王爷府，府门贴着的禁条早已被风吹掉，无人把守。

她沿着墙边走，一直走到后门，敲了敲门边的第三块砖，另一边开出一个只能让人侧身进入的缝。

院内杂草丛生，池塘里的鱼虾也早已死光。

枯叶满地，荣华不再。

安棉棉一步一步走向正厅，耳边的鸟鸣让她仿佛回到了许多年前，她刚到门口就看见坐在那里下棋的宋裕和。

翩翩公子，举世无双。

白玉般的手捏着黑色的棋子，只是淡淡看她一眼又收回了视线。

慵懒，清冷，原本矛盾的词在他身上却格外适合。

就那一眼，让她记了好多年。

那双眼睛，不见情绪，三分凉薄。

安棉棉走进屋，风吹过，吹起铺在地上的灰尘。

桌上放着已经发霉的绿豆糕，缺了一块，应该是之前被人吃了一口。

安棉棉突然觉得，宋裕和说的那句灵，或许是吃绿豆糕前许了什么愿。

然后又摇头笑笑，他从不信这些，这绿豆糕怕也不是他吃的。

旁边放着一个锦囊，安棉棉打开，里面是一张平安符。

是她给他求来的，没带真心。

他一直带着，直到造反的前一晚，才解开它，放在桌上。

平安符求的是不得平安。

他都明白。

宋裕和说，棉棉，下辈子，别再遇着我了。

那时的安棉棉只以为是宋裕和一句简单的道歉，可她错了。

她的仇恨，她的步步为营，她的痛苦，她的挣扎，宋裕和全知道，他真的都知道。他想用自己的死，让她放下恨意，在往后的日子，过得开心些。

“一年未见，我来看看你。身子好了很多，血明子到底是比你的血决子好用。”安棉棉扫落椅子上的灰尘，坐下身，自言自语。

将一旁的棋盘摆上，不知不觉间，复盘了那日宋裕和的那局死局。

他的棋风美而慵懒，像一只逗鼠的猫。

“我没有喜欢你，宋裕和。

“我只是有些遗憾，如果我们一开始不是这样，我想我会爱上你的。或许是你从京城跑出来游历山水之时的惊鸿一瞥，会让我记好几年。

“以我的性格，会用尽全力靠近你，会努力让你注意到我，会使出浑身解数让你也爱我。会和你成亲，生儿育女，子孙满堂。会在成亲之日叫你一声相公，从此携手并进，白头偕老。

“宋裕和，我难过的是我们的结局明明会比现在好，可硬生生被赶到了尽头。我难过的是你拉着我的手说‘本王会护着你’的时候，我心里只有终于让你上钩的窃喜。

“你的这一句护着，是我每天辗转反侧、步步为营、处心积虑才得到的。抛去争权篡位的心思，你所有的一切，都是我会喜欢的。”

安棉棉没和别人说过，甚至连她自己都不想承认，她早就不希望宋裕和死了。若是可以，她希望宋裕和能放下偏执，就在江南做一个王爷，参加诗会，偶尔听曲，让她一直恨着他。

她可以一直恨着他，盼着他死，求佛祖开眼。但她也可以一直待在他身边，吃着她并不喜欢的甜食，在宋裕和面前卖乖讨喜。

她不喜欢吃甜，同宋裕和一样，从小就不喜。

“宋裕和，如果我们的开始不是这样，我不需要学若宜的性格引起你的注意。如果是我自己，我想，也足够吸引你。”

街道上传来叫卖的声音，吵吵嚷嚷，让安棉棉以为回到了江南的新年。

新年真的很热闹啊。

她在倒酒，宋裕和看着她，眼睛里是当时两人都未曾察觉到的宠溺。他嘴角噙着笑，温柔地问她：“今年，可想做王妃？”

近几年宋裕和的造反之心越发强烈，原本驻扎在江南的官员被杀得所剩无几，全部换上了宋裕和自己的人。

皇帝派人来查过一次，那人还没到江南，就感染风寒，暴病而亡。

赵安皓还在京城时，陛下问他："上一个江南巡抚死在半路，大家都知道这是个九死一生的苦差事，你竟敢去？"

他说："敢，若能让天下太平，世道光明，我敢去。"

皇城内外到处都是祯王的眼线，烧杀抢掠，明明是皇家贵胄，是本该受人敬重的王爷。

可现在提他的名字，三岁孩童会怕得哭泣。

如狼如豹，令人闻风丧胆。

恶行昭昭，罄竹难书。

皇帝笑了，说他和一个人很像，他自觉地没问是谁，只是在心里想，能得皇帝如此赞许的，大概是个正直凛然之人。

后来他在江南祯王府看见一脸苍白，毫无血色地躺在宁格怀里的安棉棉。她微微合着眼，听见他的声音，抬眸看了一眼，视线又不动声色地滑向宋裕和。

可是只那一眼，赵安皓就能确认了。

他忘不了那双眼睛，漆黑明亮。十三四岁的小姑娘用稚嫩的声音问他："你的名字是取自'安能以皓皓之白，而蒙世俗之尘埃'吗？"

简简单单的一句话，问得他愣在原地好久。

世人皆知宋裕和不尊皇帝，是司马昭之心，可他想投入宋裕和的门下，做他的门客。

他这身锦白衣裳，以后如何做到皓皓之白？面对她的询问，他竟羞愧得不知如何作答。

外人听来以为是一句无心之言，可其实，是在劝他回头。

赵安皓拿着黑衣人趁乱扔在院中的发簪。他初到江南时，在她头上看到过。

他这一路九死一生，躲过无数次暗杀，好几次都以为自己会和上一个江南巡抚一样死在半路。

但他活下来了，站在江南的地界，站在祯王府门口。

一下车，就看见他记了好几年的姑娘。

姑娘笑着对他说："舟车劳顿，辛苦了。"

当时只以为是一句客套话，现在想来，其实从一开始，她就认出了他。

她太擅长演戏了，所有的话都藏在话里。

快行至京城时，一路上祯王的眼线被铲除得差不多了，安棉棉第一次上他的马车。

许是因为身上有伤，她不似往日灵动，沉稳安静，倒像是个大户人家的小姐。

她的第一句就问："那日与王爷对弈，谁赢了？"

他想了一会儿，才反应过来说的是那日她受伤回府之前的那局棋，他说："未下完。"

"大人若还记得，可否复一下盘？"

赵安皓不知其因，但没多问，摆到中盘时，又听她道："不似他平时的实力。”

“王爷心乱了，棋也就乱了。”

他说完这句话，安棉棉许久未出声，只是一步一步同他下着。

他未和她说，她的棋里，有几分祯王的影子。

回宫之后，皇帝问他立了此功，想要什么。

他想了又想，说没有。

皇帝让他去查一件陈年旧案，关于十四年前嘉盛关城主叛国一事。

他心里“咯噔”一下，不安地问：“可有何不妥？”

“安棉棉求朕还她父亲清白。”皇帝似是想起了什么，说道，“朕记得你祖籍也在嘉盛关，对此事可有印象？”

他记得，记得敌军入侵，记得祯王带人平反，亦记得那夜厮杀，他在枯井里看见的小女孩。

那女孩缩在角落里，仰着头望向他，脸上还挂着泪。

他问她还活着吗？问完就觉得自己傻，又让她等一下，过会儿就来救她。

原来是这个姑娘。

赵安皓笑了一下，他的家人都被敌军杀死，他只能去投奔在京城的叔父。可刚走到一半，就有人自称宫里的，将她带走了。

十几年后，再一次回到嘉盛关，赵安皓先去了以前的白府。此时的白府已经换上了新的牌匾，新任城主叶尚卿，是个人人歌颂的好官。

他说明来意，管家请他进去，备上茶，抱歉地笑着说城主在军营操练，已经派人去请了。

府里的人有说有笑，但都规矩得体。

有孩童玩蹴鞠时的球不小心进了府里，丫鬟踢给他笑着说道：“天都黑了，莫要贪玩，快回家去。”

那孩子脆生生地应了一句，抱着球摇摇晃晃地跑了。

与江南完全不同。

他查了一个月，所有证据都指明白城主确有罪行，查无可查。

回京述职时，皇帝叹了口气道："该如何同她说……"

赵安皓不知道。

那个为了证明父亲清白，为了洗刷白家十几年冤屈，在鬼门关走过两遍的姑娘，若是得知自己一直敬佩的父亲真是人们口中的卖国贼，可怎么办？

她如何承受得住？

后来，他不常听见她的消息，皇帝将她安排在以前待过的那座无人居住的宫殿，宫里人常唤她一声安姑娘。

她不常出门，偶尔会去淑妃宫里坐坐。有一日下朝，他在宫门口遇到了她，那日是她的生辰，向皇帝请了旨出宫。

还是当初的模样，见着他微微福身，声音清冷道："赵大人。"

这大概是她本来的性格，清冷从容，一双眼眸沉静似水。

他亦俯身作揖，唤了声："安姑娘。"

他同其他人一样，唤她安姑娘，可心里还是有一丝期望。遥记得当年从枯井救她出来，她声音很小，还带着哭腔同他说："我叫白桑语，你叫什么啊？"

她原姓白，却还是选择用淑妃给的名字在宫里生活着。

他那夜不知怎的，不想告诉她自己的名字。

若是回到那个时候，他定会说：

"小生赵安皓，取'自安能以皓皓之白，而蒙世俗之尘埃'。"

他对得起这个名字，对得起身上的官服。

他想告诉她，自己是那个把她从枯井里救出来的哥哥，想问问她可曾记得。

可他终究什么也没说，只是笑着看着她，用一如既往疏离却礼貌的态度同她说："下官祝姑娘生辰安康，余生喜乐，平安顺遂。"

她微微一笑，道了句谢就离开了。

他看见安棉棉拐进北道，那是通往祯王府的路。

她或许是想去见见故人。

后来叔母问他："你的年纪也不小了，可有心仪的姑娘？"

他笑了笑，脑海中浮现出她的脸，又摇摇头，说没有。

他成亲第二日，夫人拿着那藕粉的发簪问他从何处得来。

他笑着看着那簪子，说了句："一位故人的。"

夫人问他："收起来吗？"

他答："收起来吧。"

连带着他的情意，都收在了匣子里。

他有安逸的生活，有待他如亲生的叔父叔母，有贤惠的夫人。

他这念了这么些年，明知不会有结果的情意，就放下吧。

他坚守他的皓皓之白，为国为民，清廉正直，就足够了。

她用了多大的勇气才决定来找他，只要他说一句跟我走吧，无论前路多么艰难，她都义无反顾。

年年岁岁无今朝

“太子又去找苏念念了。”木意说这个时，噘着嘴一脸的不高兴，替自家小姐打抱不平。

“小点声，太子妃在午睡，莫要吵着她。”一旁稍微年长的丫鬟轻声提醒道。

她们的话一句不落地传到顾今朝的耳朵里，她静静听着，靠在窗边看着外面淅淅沥沥的小雨。

这是她嫁给沈牧琛的第三个月，他去找了苏念念三次。

沈牧琛喜欢苏念念，是全城皆知的事情，两人自幼定亲，青梅竹马。

这个太子妃，早已内定是她。

一年前，贵妃苏氏串通宰相苏野意图谋害小皇子，东窗事发。

谋害皇嗣是诛九族的大罪，但皇帝偏爱苏氏一族，只将苏贵妃贬为答应，打入冷宫，罢免苏野宰相的职务，下令苏家子孙永世不得入仕途。

太子妃的人选，必须是出身名门的嫡小姐，皇后找了一圈，最终定了正一品大学士的嫡长女，顾今朝。

顾今朝的爷爷生前是帝师，父亲以前又做过太子太傅，顾家算得上是德高望重的豪门望族。

赐婚圣旨下来的时候，沈牧琛去找过皇帝，却被大骂一通，禁足东宫。

他不想娶顾今朝，他想娶的是苏念念。

顾今朝倒是没那么大反应，她自幼便知自己的婚姻不会由自己决定，她一出生就受人追捧着，金枝玉叶、锦衣玉食地成长起来，自然也要失去点什么。

皇帝禁足沈牧琛，却没不让人去探望，下人们没有为难顾今朝。

她进去时，沈牧琛将茶杯狠狠摔在地上，暴躁地让她滚。

待看清是她，他愣了一下，大概是没想到她会来，皱了皱眉问："你来做什么？"

顾今朝走了进去，关上门将下人们都堵在外面，找了个不远不近的地方坐下，笑着看他。许是没睡好，脸上长了些胡楂，眼睛也有些发红。顾今朝给自己倒了杯茶，喝了一口，挑眉道："竟是凉的。"

"你到底来干吗？"沈牧琛渐渐不耐烦了。

"来救你。"顾今朝看向窗边，带着调侃道，"沈牧琛，你这东宫还真是有不老实的人。"

沈牧琛顺着她的视线看去，窗边的角上，映着人影。

那人似是听见了，"唰"的一下就没了影。顾今朝转过头，没做理会继续道："我知你不想娶我，我也不想嫁给你。

"普通人家尚有父母之命媒妁之言的说法，你我从出生就该明白，我们的身份，婚丧嫁娶都只能听长辈的。如今苏家倒了，你娶不到苏念念，皇后向陛下请旨，让我做太子妃，我做的是太子妃这个身份，嫁给谁不重要，只要那人是太子便可。"

换言之，无论太子是谁，她都要嫁。

"你想说什么？"沈牧琛冷静下来，眯了眯眼看着她问。

顾今朝说话时温柔平缓，举止投足间都是大家闺秀的样子，可说出的话却句句带刺："你质问皇后，顶撞陛下，哪一桩哪一件是一个太子该做的？还是说，你不想要这个太子之位，想成为庶民，这样就可以和苏念念在一起？"

"放肆！"

"你若想救她，还她一个公道，那你必须强大。你要坐上皇位，统治这个国家，要所有人都对你俯首称臣。届时，你说的话就是圣旨，无人敢反驳。"顾今朝没理会他的震怒，带着笑手一指，"我这是在救你，也是在帮自己。"

四皇子沈牧璟性情温和，待人宽厚，在大臣和百姓口中赞誉颇高，是沈牧琛最大的竞争对手。

沈牧琛如果被废，太子最有可能是他。

顾今朝在太后寿辰时见过他一眼，一身青绿的衣裳，坐在边上不争不抢，视线相对时礼貌地点了点头，向太后说贺词时也是温温柔柔的，让人如沐春风。

祖父说，这样的人最是可怕，让她一定要避开。她问为何，可祖父并没有说明原因，只让她务必避开。

她一直记在心里，对四皇子敬而远之。

今日来的目的已经达到，顾今朝不想久留，刚开门就看见木心和木意站在门口，前面站着一个丫鬟。她心下了然，转头对沈牧琛轻轻柔柔地问："留着吗？"

那小丫鬟"扑通"一声跪地，求饶道："太子饶命，奴婢只是路过，并未偷听。"

"无人说你偷听啊。"顾今朝居高临下地看着她，语气却依旧温和，"你长得不讨喜，来日我嫁进来，不想看见你。"

顾今朝刚到家就被叫去书房，父亲立在窗边问："你可知我为何叫你过来？"

"不该去东宫。"顾今朝老老实实答道。

"知道还去？"

"如父亲所言，太子品性良善，恭良正直，是益于百姓之人，女儿不想看见这样一个人，走了错路。"顾今朝接过丫鬟手里的茶，递给父亲，"父亲自己也说过，皇子之中，沈牧琛是最好的选择。"

顾素之位居正一品，多方势力都想拉拢，而最佳的拉拢办法就是顾今朝。

所以顾今朝从小就明白，这些皇子同她说话，与她逗趣，不是因为她面容姣好，也不是因为她精通琴棋书画，仅仅是因为顾府嫡女这个身份。

母亲同她说，总归是要嫁一个人，不如选一个品性纯良的，相敬如宾过一生。

她这个身份，将来亦不会受了委屈。

顾今朝便一直在挑，观察好久选中了沈牧琛。

那时先皇后刚离世，皇帝封沈牧琛为太子，命大学士顾素之兼太子太傅。

晚饭时父亲偶尔会提及沈牧琛，说的第一句便是："太子，是个顶好的孩子，但太过刚直。"

说完，又叹了口气。

顾今朝明白父亲的意思，这样的性格不够柔软，只怕将来宁折不弯，恐是软肋。

但好在沈牧琛不傻，顾今朝从东宫回来的第二天，宫里的聘礼就抬了进来。

她嫁给沈牧琛那天，连下了几天的细雨初停，路上还有泥土的味道。她坐在轿子里，偶尔有风将轿帘吹开，能看见好奇张望的百姓。

她下了轿子，沈牧琛早已在白玉台阶下等她，扶她下来。

千层白玉台阶，她走得很慢，身上的嫁衣让她几乎迈不开腿，但她依然挺直着腰板。

这样的场景让她很熟悉，仿佛经历过。

她与沈牧琛一同跪在帝后二人面前，皇后看向她的目光慈爱柔和，笑着让她起来，说了几句官话。

一天的礼节结束，回到卧房，顾今朝屏退了其他下人，只留了木心和木意两人在房内。

待他们都离开后，才长舒一口气，躺在床上动也不想动。

“小姐，要不要吃点点心？”木意端着碟子凑近顾今朝，拿了一块放在她嘴边。

“好累啊，”顾今朝边吃，边道，她一直知道成婚很累，但是没想到竟会累到这个程度。她感觉自己现在腰都直不起来了，看了看站在门口的木心道：“木心你也来坐会儿，都站了一天了。”

“奴婢在这儿给太子妃把着风。”木心摇摇头拒绝道。

她一直都是这样规规矩矩的，顾今朝也不管她，和木意对视笑了笑，继续吃点心。

木心与木意都是陪顾今朝从小长到大的，木心年纪稍大些，行事沉稳，木意与顾今朝年纪相仿，很多小主意都是她帮忙出的。

“小姐，你今天是没看见，小少爷在屋里哭得可惨了。”

顾今朝有个弟弟，小她十岁，名叫今安。

今安天不怕地不怕的，唯独对顾今朝言听计从，从小就爱跟在她身后，下了学堂，其他公子哥儿都去玩，就他说自己要回家听姐姐弹琴。

到处都说“我姐姐美若天仙”“我姐姐弹琴可好听了”。

顾今朝也不嫌他烦，走哪儿都带着，倒是给顾母省了不少事。

顾今朝眼眶发酸，低头笑了笑，喝下一口茶。

前几日沈牧琛的聘礼到家时，顾今安堵着门不让太监们进去，被家丁拖走了，他又哭又闹地抱着顾母的腿求道：“我们不要这些，我们还回去，我们不拿这些东西换姐姐。”

尚在垂髫的孩子，以为聘礼是用来买他姐姐的。

门口的木心咳嗽两声，木意立马开始收拾东西，片刻就整理好了，把顾今朝扶起来，盖上盖头，乖乖立在旁边。

没过一会儿，沈牧琛就推门进来了，身后跟着喜娘。

是来闹洞房的，吃花生、桂圆，喝合卺酒。

两人靠得很近，顾今朝能看见沈牧琛眼睛里映着的自己。

没有笑意，没有爱意。

一杯酒下肚，有点苦。

待其他人都离开，顾今朝坐到梳妆台前卸下头上的发饰。

最后一个发簪取下，如墨的长发瞬间散下，脱了外衣放在一边。顾今朝刚想爬上床，就看见沈牧琛还稳坐在床边，就说：“让让啊。”

沈牧琛挪了挪，顾今朝躺好盖上被子就听他说：“多谢。”

顾今朝用鼻音嗯了一声，闭着眼睛答：“各取所需罢了。”

“你与念念可曾相识？”沈牧琛问。

“都是世家的女儿，自会有碰面的时候。”

“我想把她接过来。”

顾今朝睁开眼，与他对视道：“然后呢？让她做妾？”

“以她的脾性定不愿……”

“所以，我做妾吗？”顾今朝睁开眼，与他对视，声音冷了下来。

两人婚后第一次对话就这么结束了。

天还没亮的时候，顾今朝就被叫起来梳洗，她要同沈牧琛一同进宫请安。

停了一天的雨，今日又淅淅沥沥地下了起来。木心看了看天，让木意拿着披风，怕晚一会儿雨下得大。

皇后失了一个小皇子，一年多过去气色也没好起来，皇帝让顾今朝同她说说话，自己则将沈牧琛叫进了书房。

“雨天风凉，将窗户关上吧。”

“这雨看看也好，好几年没下这么久的雨了。”皇后望着门外说，“不像是个好征兆。”

“无论下多久，总会有晴天的。”顾今朝微微一笑，为皇后倒了一盏茶，轻声道。

皇后看她一眼，像是想起了什么：“本宫记得你擅抚琴，可愿为本宫弹一曲？”

“都是女儿家的玩意儿，许久未弹手生了不少，母后不嫌弃就好。”

顾今朝自幼学琴，母亲说世家的女儿，琴棋书画须得样样精通，也好在她天资聪颖，学得并不费力。

从小便是官家小姐里的佼佼者，还记得有一次荷花池合奏，引得无数人侧目。

回家后奶母说：“我们大小姐啊，生来就是富贵的命。”

但那次母亲把她领到祠堂，让她跪在祖先面前反省。

她不知自己哪里错了，明明是给家族长脸的事，母亲又为何会动怒？

她很少被责罚，只是偶尔被训斥过几句，但这次在祠堂足足跪了半个时辰。她越想越委屈，眼泪就掉了下来。

母亲唤她起来，把她抱在怀里，满脸的心疼，她说："朝朝，慧极必伤，你还小，母亲不愿你如此出风头。"

那时的顾今朝虽不明其中道理，但好在听话，从此所有的聚会她都本本分分，不露头角。

一曲终了，还没待皇后说话，门口就有宫女请安的声音："奴婢参见四皇子！"

"老四来了，怎么不进来？"皇后往外看了看。

顾今朝亦抬头看去，就见一身青衣的沈牧璟逆着光走来。许是雨有些大，他眉上带着水滴，带着笑朝皇后俯身，声音清润道："不想打断如此好听的琴声，便在外面站了一会儿。"

"瞧瞧，下着雨还乱跑，身上都湿了。"皇后露出笑容，让他赶紧坐下，又叫宫女拿来披风为他披上。

"儿子身强力壮的，不碍事。"沈牧璟乖乖披好披风，看向顾今朝，眼中蕴着些让人看不懂的意味："早就听闻皇嫂琴艺了得，今日一听，果然名不虚传。"

"靖安王谬赞了。"顾今朝微微一笑，再无他言。

待到天渐黑雨才停，沈牧琛来向皇后请安，顺便接顾今朝离开。

刚走到宫门口，顾今朝突然回头，看着身后的红墙绿瓦，眼睛里带着茫然地问："这木鱼声何意？"

木心木意脸色一变，沈牧琛也转回头，皱了皱眉："哪有木鱼声？"

木心上前一步，不着痕迹地扶住顾今朝，说："太子妃许是这几日没休息好，奴婢学了套按摩手法，回去给太子妃按一按。"

顾今朝点点头，跟着沈牧琛上了马车。

行至中街，顾今朝掀开车帘柔声道："木意，路过金善堂去买一份糕饼回来。"

“小姐今日又不吃晚饭了？”木意点点头，笑着问道。

“突然嘴馋。”

转过头看了看闭目养神的沈牧琛说：“我还以为你今天会自己回去。”

“怎么可能？”沈牧琛往后靠了靠，“今日在皇后寝宫说了什么？”

顾今朝嘴角漾出笑容：“为何告诉你？”

说完，也没看他的反应就下了马车，对着马夫说道：“把太子送去城北郊外最近的村庄。”

目送着沈牧琛的马车离开，木意瘪了瘪嘴说：“小姐还主动把太子送到苏念念那里，真不知道小姐是怎么想的。”

顾今朝没理她，提裙进府，路过跪在地上的花匠时停了一下，好奇地看着地上的花盆问：“这是要养什么花？”

“太子说养些蔷薇，让府里鲜活一些。”那花匠恭敬回道。

“可否劳烦帮我种棵栀子？”

“太子妃此言可折煞奴才了，”那花匠连忙说道，“栀子喜湿热，与京城气候不相宜，奴才会尽心尽力种好的。”

顾今朝喜欢栀子，不知是什么时候开始的，只依稀记得自己闻过栀子的花香，很浓烈，让人难以淡忘。

在顾府时曾缠着府里的花匠给她种，但都没能种活。

母亲说她净会难为人，这喜欢温热潮湿的花，在他们这边哪能活得了？顾今朝自打出生就没出过京城，必不可能闻过栀子香。

顾今朝坚定地觉得自己必是见过，她记得栀子花开时是白色的花瓣，还记得满园的花香。

木心净了手，扶着顾今朝靠在软榻上，为她按摩头部。木意在一旁点了炷安神的香，站在一旁轻轻扇着。

顾今朝自三年前开始，总说自己能听见木鱼声，说那声音好像是从很远的地方传过来的。顾夫人找来大夫看了看，都说她身体无恙，不知其因。

好在只是能听见木鱼声，并无其他的反应，顾夫人让木心看着点，莫让人传出不好的话。

“木心的手艺越发精进了。”顾今朝闭着眼夸奖道。

过了半炷香的时间，木意见自家小姐睡着，去里屋取了毯子轻轻盖在她身上，和木心一同悄悄退了出去，并吩咐其他人不许打搅太子妃睡觉。

顾今朝听见一声一声的木鱼声，她周围是白茫茫的一片。

有人在叫她的名字，很轻，却有些急。

很熟悉，但听不出来是谁，那人一遍一遍地叫着，声音却越来越小。

顾今朝睁开眼，屋里点了灯烛，她坐起身唤了几声，木心走进来看见她，脸色一变，焦急道：“太子妃脸色怎么如此不好，是哪里不舒服吗？”

顾今朝茫然地看着她，摇了摇头，走到铜镜前照了照，镜中的人苍白着一张脸，仿佛病了许久。

“木意，去把太医请来。”

“等等，”顾今朝拉住木意，“我没感觉有何不妥之处，许是这几日没休息好。”

“可您的脸色……”木心有些犹豫。

“无事，”顾今朝打断她，看了看外面的天色皱眉道，“又下雨了？”

这一年如皇后所言，近来天气异常，连下了五天的雨。江南水位上升，已经淹没了周边地势较低的村庄，皇帝派了三个官员南下治理水患，但收效甚微。

长此以往，会有大量流民北上入京，若治理不好，恐有大乱。

许是因为大雨，顾今朝早上起床刚洗漱好准备吃饭时，才看见沈牧琛从外面回来。

两人对视一眼互相没说话，顾今朝该吃吃。

“去拿副碗筷。”正喝粥时，沈牧琛突然在她身边说话，吓得她顺了好几口气才转头看向他，问道：“你在苏念念那里饭都没捞着吃？”

哪壶不开提哪壶。

木心又上了一副碗筷，沈牧琛没理她，自顾自地埋头吃起来。

顾今朝放下筷子擦了擦嘴问道：“明日回门，你去吗？”

随后又补了一句：“你可以拒绝。”

沈牧琛看她一眼问：“不想我去？”

“我们一家人其乐融融的，你去了岂不是扫了兴致？”顾今朝起身整理了一下衣裙就要离开。

沈牧琛懒得同她计较，静了一会儿问：“你怎会知道念念的住处？”

“若是这个都查不到，我这个太子妃岂不是白做了？”顾今朝头也未回地离开了。

她与沈牧琛互不喜欢，两人达成协议，她不去干扰沈牧琛喜欢苏念念这件事，必要时还会主动帮他，沈牧琛也要时刻维护顾家。

若是有朝一日沈牧琛掌权，她顾今朝必须是皇后。

回门那天，顾素之带着一家人早早就到府门迎接，沈牧琛先下的车，伸手将顾今朝扶下来。

“微臣参见太子、太子妃！”

“岳父大人请起！”沈牧琛弯腰扶起顾素之，顾今朝也上前挽住顾母的胳膊。

“母亲身体可好？大夫开的药可有按时吃？”顾今朝拉着顾母的手关切道。

顾母轻拍她的手，慈爱地笑了笑说：“无妨，都是老毛病了。”

“今安吵着闹着今日不上学堂，说要留在家里等姐姐，但老先生今日小考，不可缺席。”

顾今朝点点头说：“都在京城，日后总会相见。”

话虽如此，但何时相见不好说。

“太子待你可好？”屏退了下人，顾母拉着顾今朝坐下，不似方才的轻松，换上了一脸愁容。

顾今朝看着母亲的模样笑了一下，伸手搂着她的脖子亲昵道：“太子待我很好，母亲不用担心的。”

“那你们……”

“母亲，知足才能常乐。”顾今朝知道母亲想问苏念念的事，轻声打断她，像小时候一样靠在顾母身上。

沈牧琛喜欢苏念念是十多年的情意，苏家未倒之前，苏念念就是默认的太子妃，只待她及笄。

顾今朝一直都是个审时度势之人，她与沈牧琛相敬如宾三个月，不去过问他的事情，做好一个太子妃的本分。

他去找过苏念念，通常会去住一晚再回来。江南水患严重，他是太子，政务繁忙，这三个月来自己见着他的次数，一只手都能数得过来。

所以，木意同木心抱怨沈牧琛又去找苏念念时，她没有太多的情绪。中午睡不着，顾今朝下床将窗户开了个缝，刚入秋的风有些凉，她不禁打了个寒战。

刚披上外衣，木心就走进来，见她醒着又快走了几步服侍她更衣：“怎的这么快就醒了？”

“昨夜睡多了吧。”顾今朝笑笑说。

“太子回来了，叫您过去。”木心理了理顾今朝的衣裙悄声道，“是从宫里回来的。”

顾今朝垂眸，不动声色地点点头。

皇帝派沈牧琛去江南治理水患，少则三月，多则一年。

这本没有顾今朝什么事，但沈牧琛同她说，想把苏念念接进府里。

“你与念念也算相识，她的脾性是极好的，你温良贤淑，放在你身边，我也能放心。”

顾今朝低头冷笑一声，这哪里是商量，分明是通知她一声。见她没说话，沈牧琛继续道：“念念现在处境困难，你就当是帮帮我。”

沈牧琛走的那天是个上午，顾今朝没去送他。她慢慢悠悠地起床，木心给她更衣，她想了一下说：“木意，去拿那件金黄的云烟衫。”

是顾今朝成婚时，皇后送的衣裳。

顾今朝笑了笑，没说话。

天气尚好，京城这边雨停了三天。

顾今朝到时，村口停了辆马车，车身刻着兰花的纹饰。

“看来有人比我们早了一步。”顾今朝微微歪头说道。

抬步走去，走进一个农家，外面很是普通，里面却装饰得像个大户人家小姐的屋子。

这沈牧琛待苏念念真是好。

“靖安王，好久不见。”顾今朝笑着走进去，不着痕迹地看了看屋内的情况说。

沈牧璟和苏念念两人对坐在屋内，见她来了，苏念念先起身行了个礼：“太子妃。”

顾今朝轻轻抬手示意她坐下。

沈牧璟噙着笑，端起茶杯道："皇嫂怎么来了？"

"我与念念交情尚好，想请她去府里坐坐。"

"罪臣之女，怎配与太子妃为友？"沈牧璟云淡风轻地说道。

"沈牧璟！"苏念念重重地拍着桌子，站起身怒瞪着他。

"一介平民，直呼本王名讳，按律当罚。"沈牧璟摸了摸手里的茶杯，"来人……"

"靖安王，"顾今朝抬高了音量，冷目一扫想要上前的人，那人顿了一下没敢再动，"与女子动手，实非君子所为。"

"君子？"沈牧璟往后一靠说，"本王从来不是什么君子。"

"但……太子妃想保的人，本王自不会动。"沈牧璟起身，拿着折扇随手转了几下说，"先走了。"

入秋了还拿着扇子，装什么大尾巴狼。

等他离开了，顾今朝才和苏念念道："苏姑娘，请和我回太子府。"

两人同坐一辆马车，谁都没有说话，之前沈牧琛问她可认识苏念念时，她说了谎。

见过，但不相识。

顾今朝是顾夫人的亲生女儿，顾家嫡长女。

苏念念的生母是个丫鬟，生她时难产死了，苏相就把苏念念挂在苏夫人的名下。名义上是个嫡女，但在家里的地位还不如嫡小姐的贴身丫鬟。

这些事都在官家小姐中间传开了，苏家嫡小姐苏思思嚣张跋扈，顾今朝不喜欢她，连带着也不太爱与苏府的人交往，所以她与苏念念未曾说过话。

本来苏念念这样的身份，将来也就随便找个官员嫁了，但不知怎么却入了太子的眼，每每世家聚会，沈牧琛总会格外照顾苏念念。

顾今朝本不在意，耐不住听的次数多了就观察了几次。苏念念不受世家小姐的喜欢，加之太子看重，格外显眼，苏思思会带头欺负她。

顾今朝在心里默默觉得，苏思思很可能是忌妒苏念念，无论是从样貌还是心智都赶不上。

深宅的斗争顾今朝看过几回就乏了，来来回回就是那几样，拿不上台面。

顾素之与妻妾成群的苏野不同，他把顾母当成个宝贝宠着。今安小的时候顽皮得很，没少给家里闯祸，顾素之都只是责骂几句，只有一次，今安说错话，冲撞了顾母，被顾素之一脚踹出门外。

吓得顾今朝赶紧跑过去把弟弟扶起来。

“不尊长辈，辱骂生母，这就是你在学堂学到的？”

这是顾今朝第一次见父亲如此生气，他把顾今安关在祠堂，没有命令不许出来，好好反省自己的过错。

办法虽偏激，但确实好用，后来今安去学堂，夫子们都夸他是个尊师重道的好孩子。

顾今朝把苏念念安排在太子府的客房，又找了几个沈牧琛房里的下人去伺候着，吩咐府里的人好生照看。

“我有些乏了，苏姑娘自便。”顾今朝抬手遮着嘴打了个哈欠便离开了。

“小姐为何要安排太子屋里的人伺候苏念念？”木心跟上前，走远了才问道。

“我可不做那些出力不讨好的事，到时苏念念若真闹出个什么事，也只能怪沈牧琛自己的人照顾不周。”

木心拉着她的手摇了摇，眼睛都笑得眯成一条缝：“我们小姐就是聪明。”

顾今朝回到屋内，躺床上没一会儿就睡着了，她是真的累了，这几日晚上一直能梦到自己置身于一片白茫茫的地方，总能听见耳边有人在叫她，连着好几天都没睡好。

“朝朝，朝朝回来。”

是谁在叫她？

顾今朝在一片白茫里奔跑，不知跑了多久，看见一个人影在前面，走近一看是木意。

只见木意看见她似是很激动，拉着她的手道：“太子妃，你快去看看吧。”

太子妃？

顾今朝皱了皱眉，木意向来是叫自己小姐，她说过，在她心里自己永远是她的小姐，所以在大家都叫她太子妃时，只有木意唤她小姐。

跟着木意一直走，转了好几个弯才到。是沈牧琛住的院子。自成婚之后，两人就分房睡，各自在各自的院子待着，偶尔一同吃个饭。顾今朝环顾一下四周，陈设变了许多。

“我从不是什么正人君子。”

听见这句话，顾今朝猛地抬头，就看见沈牧璟一袭红衣地坐在软榻上，床上的苏念念裹着被子瑟瑟发抖，眼睛里蓄满了泪水，光滑的肩膀露在外面。

“将苏奉仪送回北苑。”

奉仪，是太子妾室的封位。

沈牧璟起身，理了理衣服，看向顾今朝的方向问：“太子妃怎么来了？”

还没等她说话，身后就有一个和自己一模一样的声音响起：“沈牧璟，你是太子，做这种事不怕人耻笑吗？”

顾今朝转头，自己身后立着的，是她自己。

她这才发觉，屋内的人好似都看不见她，她突然觉得头痛欲裂，仿佛有什么东西要从脑袋里钻出来。她疼得倒在地上，脑海里闪过一幕幕自己没见过的画面。

她看见自己大婚，嫁的人却是沈牧璟，她还看见自己坐在太子府的榕树下荡秋千，沈牧璟在旁边笑着看着她。

她好像很开心。

她为何会嫁给沈牧璟？不对，为何太子是沈牧璟？

她想一探究竟，可突然有一阵力量迫使她睁开眼，四周还是熟悉的景象。

“木心木意，”顾今朝起身唤了几句，没过一会儿两人就进来了，“我睡了多久？”

“不到一刻钟。”木意回道，“小姐怎么这么快就醒了？”

“我做了个梦，”顾今朝躺回去揉了揉太阳穴，“是个离谱的梦。”

“小姐梦见什么了？”

顾今朝闭着眼声音有些疲惫地说：“梦到我还是太子妃，但太子成了四皇子。”

二人都没看见，立在后面的木心变了脸色。

苏念念在太子府的半月，顾今朝从未去看过，只这一日，她正准备去花房看看花匠是否帮她种出了栀子，结果还没出门就遇上苏念念。

苏念念气势汹汹地把顾今朝堵在了屋里。

“太子遇刺了？”苏念念蹙着眉，似是真的心急，把礼数都抛在脑后，质问她。

“五天前遇刺的。”顾今朝回的虽是苏念念，却看着苏念念身后的丫鬟。

苏念念被她的态度激怒了："受伤的是你夫君，你为何一点也不担忧？"

顾今朝笑了笑说："玉默，送苏姑娘回房。"

"太子妃！"

顾今朝垂眸看着拦在自己身前的手，语气冷了下来："苏姑娘，且不说太子是我的夫君，轮不到你担忧。就说江南离京城几千里远，你今日来拦我作甚？遇刺之后再无消息已是最好的消息，随行太医，持刀侍卫都在太子身边，你要我如何？抛下太子府上百人去江南吗？"

还真叫她说中了，第二天就有人来禀报苏念念离开了。苏念念偷了马厩里的一匹马，孤身前往江南找沈牧琛去了。

顾今朝听完那人的禀报，气得笑出了声："愚昧！"

她让人把玉默带上来，玉默一进屋就跪在地上。顾今朝端坐在主位，悠闲地喝着茶。

无人说话，平生几分压力。

一盏茶喝完，顾今朝才悠悠开口道："玉默来府里多久了？"

"回太子妃，云德三十九年进府，到现在七年整了。"

"东宫之时就跟着太子了吧？"顾今朝点点头，微微笑道，"这么说来，也算是府上的老人了。"

"没有什么老人新人之分，都是奴婢该做的。"

"我听管家说上一批进府的丫鬟是你带的？"顾今朝将茶杯推远了些，手臂搭在桌子上杵着头看她，"恪守本分，知谨守礼，该说则说，知无不言，这些可是你教给她们的。如今想想，自己可曾做到？"

"奴婢入府以来谨遵教诲，不敢有片刻怠慢。"玉默偷偷抬头，对上顾今朝看她的眼神，虽是笑着但笑意未达眼底，看了一眼就立马低下了头，只觉得有一股彻骨的寒意。

“你若谨遵教诲，苏姑娘是如何得知太子遇刺一事的？”她说得轻轻柔柔的，玉默听得却胆战心惊，“江南的消息刚传来两日，你又是如何得知的？”

“奴婢……听人说的。”

“听谁说的？城南裁缝铺的掌柜，还是每月初十来送油的宋大勇？”顾今朝看着她惊慌的反应，叹了口气。沈牧琛走之前提醒过她，府里有宫里头的眼线，不止一个，但能确定的就是玉默，让她寻个错处发落了。

她问沈牧琛，要留活口吗？

沈牧琛似是有些诧异地看着她，虽然只有一瞬间，顾今朝还是能从他眼睛里看出不可思议。他说：“罪不至死。”

后来可能又考虑到什么，改口道：“随你处置吧。”

优柔寡断，是沈牧琛最大的缺点，可她不会。

顾今朝低头笑了笑说：“那你可知，太子并未遇刺。这些消息是我故意透露给你的，太子亦知晓，他说饶你一命……”

玉默惊喜地抬头，笑容还未出现，就听顾今朝继续道：“但我不想。拖出去乱棍打死。”

“太子妃，求您放了奴婢，奴婢只是一时鬼迷了心窍，奴婢求您了。”玉默跪着爬向顾今朝，没爬几步就被拉住了，她拼命挣扎着，最终还是被拉出了屋。

府里的下人都聚在这里，或惊恐或惋惜或漠不关心，玉默的哀号渐渐弱了，衣裙染血。

顾今朝立在门口，美目横扫着院里的下人说：“看清楚了吗？这府里有异心的人不止她一个，我劝你们最好安分守己，否则下场不会比她好！”

顾今朝入府之后一直都是谦和宽容的样子，下人偶尔犯错也只是笑着教训几句，不曾有过任何责罚，如今却将玉默当场杖毙。

玉默还是在府里伺候了七年的人，没有功劳也有苦劳，她勾结府外之人，连太子都说留她一命，可顾今朝不由分说地直接将她打死，此中之意无人敢揣测，更没人敢上前帮玉默说话。

玉默死后的几天，顾今朝能明显感觉到，府里的下人在她面前伺候时没了往日的轻松，一个个提着气，生怕做错了事就被打死。

“啪”的一声，一个丫鬟打扫时没注意将一个花瓶打落，碎成了两半。

上好的瓷白釉……顾今朝的心都在滴血。

那小丫鬟瑟瑟发抖地跪在地上，头也不敢抬。顾今朝叹了口气说：“去集市买个好看的花瓶回来，若合我的意便不罚你了。”

木意将钱袋递给小丫鬟，那小丫鬟颤颤巍巍地接过钱袋，又听顾今朝说道：“路过金善堂时带份糕饼回来。”

木心将花瓶碎碴收拾好后，屋内就剩她们了，三人无奈地笑道：“无论平日待人多温和，只要责罚一次，就让人如此惶恐。”

顾今朝得到的消息都是从宫里传来的，皇帝挑了些能告诉她的找常公公来传话，进宫拜见皇后时说起苏念念南下寻太子之事，皇后的脸色一下子阴沉下来。

苏氏一直喊冤，直到被褫夺封位打入冷宫，也不承认自己谋害小皇子。皇后对苏氏一族恨之入骨，早在顾今朝把苏念念接进府后皇后就派人来问过。但苏念念此时是平民之身，于法于理皇后都无权过问。

顾今朝知道沈牧琛的意思，他不在京城，即便在苏念念身边放上多少个暗卫保护，也总会有疏忽之时。皇后想杀苏氏一族不是一天两天了，苏念念进府是最好的选择：一来顾今朝管理太子府大小事务，若苏念念出事她逃不了干系；二来太子府守卫森严，比外面安全数倍。

可苏念念跑了，因为一个子虚乌有的传言，就偷偷离府，简直愚昧。

临走时皇后同她说，她这样温温柔柔的性格，难以在下人们心里树立威严，刚柔并济才是上策。

她垂眸应是。

果然不出顾今朝所料，苏念念出事了。

没死，但断了一条腿。

她是跟着沈牧琛一起回京的，被抱在怀里，从太子府正门进去的。

顾今朝上前请安，沈牧琛看她的眼神冰冷无比，问她："为何让玉默骗念念我遇刺？"

这是什么道理，难道不是事先商量好的吗？

第二日，沈牧琛进宫请旨求娶苏念念，并将休书呈到皇帝面前。

龙颜大怒。

得到这消息时，顾今朝正带着木心在花房看刚长出芽的栀子，愣了一下，满心不解："为何如此？"

她是真的不懂，沈牧琛离开之前让她将苏念念接进府，再透露假消息找出眼线。玉默被她当众处置了，还有三个人，她也暗中寻错处发落处理了。

她也问过沈牧琛，若苏姑娘去寻他怎么办。他说已经提前告诉念念了，会配合她演戏。

苏念念真的离开时，她只以为是两人串通好的，无须她知晓，便没多问。

顾今朝在苏念念的住所拦下沈牧琛：“沈牧琛，过河拆桥吗？你不想要太子之位了？”

“你我早已商议好，不动念念分毫，你为何让她知道我遇刺之事？”

“不是你让我说的吗？”

“一派胡言，我何时同你说过？我封锁了所有消息，遇刺之事连父皇都不知道，你又是如何得知的？”

顾今朝这才发现沈牧琛脸色很不好，还带来了数位太医，看起来真的像是遇刺了。

刚想说话，耳边却传来巨大的钟声，一下一下，仿佛敲在她的心上。顾今朝捂着胸口倒在地上，吐出一口血来。

木心连忙上前扶住她：“太子妃……”

顾今朝看着她，只见木心早已泪流满面，她伸手擦掉木心的泪水：“为什么哭？”

“太子妃……”木心哭得泣不成声。

顾今朝只觉得眼前一片白雾，但她看见了许多人。看见母亲坐在家中绣花，慈祥地看着她笑，今安在大声地背书，有个小娃娃跑过来，抱着她的腿喊娘亲。

她刚蹲下身想抱一抱，那孩子就如同纸一样，浑身冒着火光，消散在白茫之中。

钟声渐渐变小，能听见钟声下的阵阵木鱼声。

耳边有人在唤她，焦急，沙哑，好似是哭过了。

顾今朝睁开眼，首先看见的是母亲。

她有些不一样了，生了很多白发，皱纹也多了，见她醒激动得说不出话，握着她的手颤抖不已，豆大的泪珠落下来。

她想说话，张了张嘴，却发不出声音。

大夫来诊了脉，叹着气摇头，带着顾母出去小声说着什么。

周围的一切明明是自己熟悉的，却总有些不同。

她忘了好多事，不记得自己为何昏迷，前尘往事都不记得了。

有一次丫鬟倒茶时，顾今朝突然问道："木心和木意呢？"

倒茶的丫鬟手一抖，水洒在桌上，支支吾吾道："两个姐姐有事出去了。"

定是假的，顾今朝没有追问。

许多事情都解释不通，母亲为何看起来老了十岁，今安哪里去了，父亲为何数日也不回家，她为何住在顾府，她又为何会失去记忆？

她想回忆，可每次想以前的事都头痛欲裂，母亲让她别想了，是她自己选择忘记那些的。

"若若，我前些年过得不好吗？"

这么一句话，就让自她醒来就在她身边伺候的若若红了眼眶："小姐您过得很好，只是后来发生了些事，让小姐很难过，但是现在都过去了。"

顾今朝点点头。

顾今朝醒过来时是个初冬，京城落第一场雪的时候，顾素之回府让她这几天收拾行李，搬去苏州外祖父那里过冬。

说的是过冬，可顾今朝觉得，父亲大概是不会让她回京了。

顾今朝走的前一天下了一夜的雪，踩在雪地里"吱吱呀呀"的。她上马车前往旁边看了一眼，只模糊地看见一个人站在墙角，好像是个男子，穿着青色的衣裳，戴着斗笠看不见脸。

衣摆处绣着花纹，看不清楚。

苏州的冬天不算很冷，他们到时外祖父一家早早地就等在了门口。

由于顾素之的职位需要久居京城，顾母不常回娘家，在顾今朝的印象里，外祖父还是那个身姿挺拔，能举着她够到树上果子的人。

可现在他拄着拐杖，佝偻着背。

外祖父算是苏州的富庶人家，外祖母喜好种花，单独在院中开了个花房。

外祖母年纪大了，得了眼疾，夜里点上灯也看不太清东西，顾今朝就拿着佛经在她床前读给她听。

每每读着读着，外祖母就睡着了。

顾今朝本不信佛，这三个月佛经读下来，倒也多了几分敬意。

苏州入春总爱下雨，淅淅沥沥的，只湿个地皮。

顾今朝就搬个软榻靠在屋内看着房檐滴水。

“这苏州老是下雨，整个人都湿腻腻的。”若若蹲在门边，拿了个研钵不知在弄什么。

“无论下多久，也是会有晴天的。”顾今朝笑了笑，又愣了一下，脑海中一个画面一闪而过。

若若点头赞同，又拿了几片花瓣放进研钵中说：“我看书上说，用花瓣的汁液涂在指甲上，好看极了，等奴婢做好了给小姐试试。”

“就你会玩。”

外祖母说过几天有个老夫人过寿，拉着顾今朝去库房挑个得体的礼物送人。

顾今朝问：“那老太太有什么喜好？”

“郑老太节俭一辈子了，年轻时喜欢穿红，后来也就成亲那年见她穿过，再就不穿了。那个时候，我刚从你太姥姥那得了个鸽血石的手镯，还没新鲜几天就给郑老太当贺礼了，成了亲也没见她戴过几次。你说我早知道她不喜欢，就送个便宜点的，现在想想还心疼。”

外祖母絮絮叨叨地说了很多，顾今朝安静地听着。

“这个怎么样？大气，拿得出手。”

顾今朝看着比她脸还大的金碗，迟疑了一下说：“姥姥您方才还说，郑姥姥节俭了一辈子……”

两个人在库房挑了一下午，也没选着满意的。外祖母叹了口气，还没走出库房就拍了拍脑袋说：“早些年你娘亲带回来一个白玉的平安扣，你可还记得？据说是开过光的，成色看着也不错，你同我去屋里找找。”

最后定了，就送这个平安扣。

郑老太的七十大寿，只请了几个平时交好的，院子不大，胜在热闹。

顾今朝拿着锦盒，微微弯腰，双手递给郑老太，带着笑说道：“今朝代姥姥问郑姥姥安好，祝郑姥姥日月昌明，后福无疆，春秋不老，身体安康。”

身边的丫鬟上前接过锦盒，郑老太笑得合不住嘴，拉着顾今朝的手，满眼喜爱：“你小时候我还抱过呢，一转眼都长这么大了。”

外祖母在旁边哼了一声：“还说呢，没抱一刻钟就把我们朝朝摔着了，好在没留疤，不然我可和你没完。”

“那还不是因为你拿虫子吓我？”郑老太也不吃亏，两个加起来一百多岁的人，你一言我一语的谁也不让谁。

顾今朝笑着看着她们两个，有一瞬间的恍惚，脑海中闪过两个年轻姑娘拌嘴的画面，不禁揉了揉额角。身后的若若立马上前，凑近她轻声问：“小姐又头疼了吗？”

"无事。"顾今朝摇摇头。

郑老太身子不好，寿宴很快就结束了，留了顾今朝与外祖母坐坐。

没过一会儿，就有丫鬟跑来笑着道："大公子回来了，来给老太太祝寿。"

"羡言来了。"郑老太激动地站起身，顾今朝看见本来走到院里的男子跑进来扶住了郑老太。

顾今朝听外祖母说过，郑家大公子博学多识，温文尔雅，在苏州百姓中口风颇好。

"祖母安，顾祖母安。"礼貌地问了好之后，郑羡言的视线落在顾今朝身上，愣了一下随即笑道："想必是顾姑娘。小生郑羡言，问姑娘安好。"

顾今朝回了礼，郑老太让郑羡言带顾今朝随便逛逛，两个老人家说的话小辈也不愿听。

两人并肩走在郑老太的花园里，顾今朝问道："可有栀子花？"

郑羡言点头说："在花棚里养着，要两月之后才能开花。"

顾今朝跟着他进去，竟有一朵提前开了花的，白白嫩嫩，染香了周围一片。

就是这个味道，顾今朝伸手轻轻摸了摸花瓣，脸上有温热的感觉，伸手一抹，竟是眼泪。

"顾姑娘……"郑羡言有些无措。

"抱歉！"顾今朝擦了擦眼泪笑着道，"我生过一场病，之前很多事都不记得了，我也没办法解释。"

"我以前……做过太子妃，许是发生了些不好的事，都忘了。"

"我听说过，京城的太子妃，温良贤淑，举止大方，从容有度，得人敬爱。"郑羡言温和地点点头，没说出后面那句——却与太子不和，一纸休书，愤然离府，死生不见。

两个老太太许久未见，话说得久了点，顾今朝等到半夜，两人才尽兴。郑羡言骑马送两人回府，小心翼翼地扶着两人下车，后又自己离开。

回到房内，顾今朝照例给外祖母念佛经，见她许久没声音，以为是睡了，刚准备退出去，却听她说道："郑府的大公子啊，文成武就，不愿入仕途选择了从商，也算是富甲一方，贵在没沾上商人的坏习气，知谨知礼，是个顶好的孩子。只是二十七了也没成家，给郑老太愁得不行，张罗了好几家人家都没看上，也不知道将来哪家女儿能有这么好的福气。"

"姥姥有空操心这些事，倒不如想想明日给我做什么好吃的。"顾今朝给外祖母掖好被子后离开了。

外祖母每年都会去庙里捐香油钱，今年便带了顾今朝一同前去，寺庙在半山腰，路途还算平稳。

出门之前顾今朝看了看阴沉的天，劝外祖母何不过几日再去，外祖母说每年都是这一天去的。

还差几十个台阶才到门口，顾今朝已经累得气喘吁吁。外祖母看着叹了口气说："你们现在的孩子，走几步路就累得不行，身子怎么能好？"

说罢，她轻车熟路地去找小和尚给了一袋钱。小和尚说她们今日来得巧，住持的好友风和大师在诵经，可以一同去旁听。

顾今朝刚踏入房门，就感觉心里"怦怦"直跳，满耳的木鱼声压得她喘不过气。她不知道自己怎么了，坚持着走到蒲团上坐下，不知过了多久，木鱼声才停下。外祖母过来找她，两人一同下山。

行了一段，隐约听见山上传来的敲钟声，一下一下，砸在顾今朝心上。

刚到家就下起倾盆大雨，外祖母庆幸道：“还好听了朝朝的话，一刻没耽误，不然真要被淋成落汤鸡了。”

顾今朝和若若说自己头疼，许是山上冷风吹的，要进屋睡会儿，莫要打扰她。

进屋关了门，顾今朝一下子倒在地上，手捂着胸口痛哭。

窗外电闪雷鸣，盖住了她的哭声。

她记起来了，全都记起来了。

她是正一品大学士的嫡长女，是沈国的太子妃，也是……四皇子沈牧璟的妻子。

原来一切都是一场梦，她嫁给沈牧琛是梦，苏念念断腿也是梦。

那一次次的木鱼声，一次次的钟响是在唤她回来。

她问过若若，前些年她是不是过得不好。

若若说她过得很好。

她过得的确挺好的，苏相倒台，苏贵妃被打入冷宫，太子沈牧琛惹怒皇帝禁足东宫。但他违抗皇命敲登闻鼓，请求皇帝彻查此事，皇帝一怒之下废了太子。

她嫁给了沈牧璟，当朝四皇子。

皇帝立沈牧璟为太子，成亲之后，两人住进宫外的太子府。

沈牧璟待她很好，亦如传言的那样，温润和善，成亲那日在喜娘的祝词中挑起她的盖头，嘴角噙着笑，眼里是化不开的温柔。

她心动了。

他事事都会想着她，偶尔下了朝，会去城中集市的金善堂买份糕饼带给她。看她无聊，又在院中搭了个秋千给她解闷，她欣喜地荡着秋千，他在一旁笑。他还会与她合奏，下雨天搬了软榻靠在窗前看屋檐落雨。

那雨珠“滴答滴答”落着，仿佛时间都静止了。

管家拿了账本给他，他会往她的方向看看，带着宠溺地说：“给太子妃。”

她是家中长姐，总有些强势带在身上，可沈牧璟毫不在意，偶尔她都觉得自己逾矩了，他也只是看着她温柔地笑着，按她说的一一照做。

她太心动了。

母亲说，像她这样一出生就无法选择自己夫婿的人，若将来嫁了个性情好的，琴瑟和鸣，相敬如宾，就是天大的福分了。

回门那日，她抱着母亲的胳膊靠在她的肩头，笑着同母亲说：“娘，女儿是个有福的。”

她是个有福的，幼时出身名门，锦衣玉食地长大，没受过苦，成亲之后夫君仁德，对她疼爱有加。

她被查出有孕时，依偎在沈牧璟怀里问他喜欢男孩还是女孩。

她本以为像他们这样的皇家子弟，以嫡子为重，更有母凭子贵之说。可沈牧璟说，想要个女儿。

她会是沈国第一个郡主，会被捧在手心里，无人敢欺负她。

皇帝生辰那日，他有些吃醉了酒，拉着她的手蹭了又蹭，同她说：“朝朝，我好喜欢你。”

她太心动了。

如若若所言，她过得真的很好。

只是后来，发生了些难过的事。

沈牧璟抓了苏念念，找了个家丁在房里度了春宵。消息一出，沈牧琛冲进太子府，还没到主厅就被侍卫拦下了。

顾今朝去的时候，就看见苏念念抱着被子缩在墙角。她看了好久，才开口道："沈牧璟，用女人要挟实非君子所为。"

"我从不是什么君子。"他又说，"将苏奉仪送回北苑。"

从那次之后，苏念念就一直被关在北苑，沈牧璟从未去过。

后来，顾今朝生了个男孩，沈牧璟爱不释手，每晚吃饭时都要抱着。

他说："昭儿要快快长大，同爹爹一起保护娘亲。"

顾今朝能看出他是真的喜欢这个孩子，皇帝和皇后也喜欢得很。

昭儿满周岁时，沈牧璟在太子府宴请众位大臣，顾今朝与他同坐主位。

昭儿精神很好，"咿咿呀呀"的也不会说话，睁着大眼睛左看看右看看，好似对什么都好奇。

他指了指酒杯，"呀"了一声，沈牧璟笑着拿起酒杯放在他嘴边，语气宠溺地说："昭儿也想饮酒？"

"太子。"顾今朝拍了下他的手娇嗔道。

"我就逗逗他。"沈牧璟扬了扬手里的酒杯说，"祝我们朝朝，平安顺遂。"

顾今朝也端起酒杯，与他碰了个杯，笑得狡黠道："那我祝太子，年年岁岁有今朝。"

刚想喝下，就被拦住了，只见沈牧璟喝掉自己的酒后，又从她手中拿过酒杯一饮而尽："姑娘家家的，少喝点酒。"

她笑着趴在沈牧璟耳边，听他低声道："朝朝，我是真的很喜欢你。"

她仰头看着他，在他嘴角亲了亲。

第三年秋天，太子府里发生了一场大火。她当时在花园散步，乳母在屋里哄昭儿睡觉，火光四起，她拼了命地跑回去，就看见沈牧璟把一桶水倒在自己身上，冲进了火海。

所有人都在惊呼，顾今朝觉得自己听不到声音，不知过了多久，才看见沈牧璟抱着昭儿冲出火海，青绿的衣裳上满是灰尘，手上，脸上，都有烧伤。

昭儿静静地躺在他怀里，一动也不动。

他暴怒地让下人去叫太医。

救不活了。

或者说，火起之前，昭儿就已经死了。

他才两岁，两岁的小娃娃，被灌下毒药，死后，又被火烧了。

顾今朝抱着昭儿坐在院子里，他的脸已经被烧得面目全非，抱在怀里轻轻的，像根羽毛一样。

她看见沈牧璟揪着苏念念的头发，把她扯到自己面前，重重地摔在地上。

乳母是苏府的人。

“来人，把她给我乱棍打死！”沈牧璟指着趴在地上的苏念念，眼中猩红地说。

顾今朝将昭儿轻轻地放在地上，拦下想要上前的家丁，一步一步走向苏念念，慢慢蹲下身，提着她的衣领，声音颤抖着问：“苏姑娘，为何如此啊？”

“皇后与沈牧璟构陷我父亲私通苏贵妃谋害小皇子，可有说过为何如此？沈牧璟让家丁强暴我那日，我可问过为何如此？顾今朝，我与你本无仇，怪只怪，是你嫁给了沈牧璟。”

一报还一报。

顾今朝抬头看着阴沉的天，嘲讽地笑了，笑着笑着落下泪来，扬起手重重地给了苏念念一巴掌。

她用尽了全身的力气，苏念念的脸瞬间变红，又打了第二巴掌。

三下，四下，十下，二十下。

顾今朝不知道自己打了多少下，直到沈牧璟把她拦下来抱在怀里，她大声尖叫，让他放开自己。

“朝朝，朝朝我们不打了，”沈牧璟死死抱住她，把她的头按在怀里说，“手会疼，我们不打了。”

后来，苏念念被扒光了衣服，悬挂在京城门口，活活晒死了。

此举一出，沈牧璟便没了往日百姓口中温和宽容的形象。

走在路上，百姓会对他避而远之，家丁会颤颤巍巍地在一旁伺候着。

大家只记得他残忍地杀害了苏念念，却忘记了曾经他也是世人口中温润如玉的公子。

“无论平日待人多温和，只要责罚一次，就让人如此惶恐。”顾今朝给沈牧璟倒了杯茶，淡淡道。

苏念念死后，沈牧琛出人意料地没有什么动作，就这么平静地过了一冬。

突然有一日，沈牧璟参了顾素之一本，回府之后，拿出了休书。

“当初娶你只是因为你父亲的官位，我如愿坐上了太子之位。你父亲做过沈牧琛的太傅，我拿什么相信你们？”

顾今朝没看休书，只是目不转睛地盯着沈牧璟，想从他脸上看出破绽。可她没有，他只是一如往常那样笑着。

她素来要强，不愿做哭爹喊娘的泼妇，只扔下一句：“沈牧璟，你曾说过是真的喜欢我。

“我信了……”

顾今朝搬回了顾府，顾素之被安排去西北治蝗灾，带了顾今安去。

她经常坐在廊下发呆，顾母日日以泪洗面，怒斥自己没好生看看，没想到沈牧璟是一个狼心狗肺的畜生。

那一年沈牧璟一直在和沈牧琛斗，终于将沈牧琛送入了地牢。

她知道以沈牧璟的性格，他定会去看沈牧琛，她便在地牢门口等着。

冬天很冷，她裹着斗篷等了很久才见他出来，她想问他可得着自己想要的了？

但她只是站在原地，看着他上了马车，看着他离开。

她嫁给这个人，日复一日地相处，同床共枕，只是日久生情罢了。

既然那人如此决绝，何必继续纠缠。

她和自己说，今朝啊今朝，若是能重来一次，千万避开他，别再让自己这么难过了。

后来，她看书上说，民间有一种职业，能取人记忆，造一个梦境，是为织梦人。

机缘巧合，顾今朝打听到了，但那人说自己只是初学，对梦境的构建不太完整，很容易破碎。若在梦里受到刺激可能会醒过来，彼时，或许会失去记忆，但也会慢慢回想起来。

她说无事，给她织一个吧。

木心怕她出事，也一同进入了她的梦境之中。

在梦里，她选择了通过祖父的嘴提醒自己一定要避开沈牧璟，于是她去找了沈牧琛，保住了他的太子之位。

许是那封休书刺激到了她，又或者是母亲找来高僧诵经让她快些醒来。总之，她昏睡了一月之后，便醒过来了。

前尘往事，都一概忘了。

母亲怕她看见熟悉的人和物会记起来，便和回京述职的父亲商量，支开木心木意，让她去苏州外祖父家过冬。

自她醒来，无人在她面前提及以往的事。

原来这就是若若说的，发生了些难过的事。

屋外的大雨下了一夜，若若早上来叫顾今朝起床时她还在睡，躲在被子里求她让自己再睡会儿。

“不行啊小姐，今日约了郑老太太去裁缝店做衣裳。”

若若把顾今朝从床上拉起来，给她梳洗打扮，皱了皱眉问道：“怎么眼睛肿了，小姐昨夜没睡好吗？”

“雷声那么大，怎么睡得好？”顾今朝顺着她的话说道。

收拾好后，若若跟着顾今朝出门，好奇地看了她好几次，终于在顾今朝没耐心的时候才说：“小姐今日看起来心情颇好。”

“以前不好吗？”

若若摇摇头说：“也不是，就总感觉小姐以前似是有心事。”

顾今朝伸手勾了勾她的小鼻子，笑笑未语。

外祖母挑挑拣拣，忙活了大半天才选好三套衣服。顾今朝拦下她笑道：“姥姥，我有点饿了，我们去那边吃茶吧？”

“行，待会儿再来看。”

“哪儿用得着这么多衣裳，我带来的就很多了。”顾今朝扶着外祖母柔声道。

“那可不行，我啊，要把这些年的都给你补上。”外祖母嗔怪说，“姑娘家，就应该漂漂亮亮的。”

“我已经够漂亮了。”顾今朝扬了扬头说。

她们找了个最近的饭庄，一进屋就被店小二引上二楼，隔间里坐着郑老太和郑羡言。

顾今朝与郑羡言对视一眼，无奈地笑了一下。

一顿饭吃下来，把两人喜欢做的事情都问得清清楚楚，后来又派他俩去买几本外祖父爱看的书。

此中之意，顾今朝不信郑羡言看不出来。

之后的三个月，顾今朝时不时就能见着郑羡言，有时是郑羡言来送郑老太给的东西，外祖母让她去拿；又或者是让顾今朝去郑府传个话，明明能交给小厮干的事，都吩咐他俩。

某一天吃饭时，顾今朝终于忍不住与外祖母说道："姥姥，你这也太明显了。"

"怎么了，人家郑老太太看上你了，非要你做孙媳妇，我这也是没办法。"外祖母边吃饭边嘟囔道。

"可我成过亲……"

"成过亲怎么了？"外祖母打断她说，"你记得那人的音容吗？记得以前的事情吗？你让你姥爷说说，整个苏州有比你还好的姑娘吗？我们朝朝可是大户人家出身，只是一时遇人不淑，及时回头就好了。"

"你姥姥这句说得对。"外祖父夹着菜点头道。

"朝朝啊，苏州离京城太远了，以前那些事情都是一千里以外了，忘记了就当作没发生过吧。"外祖母往顾今朝碗里夹了块鱼肉，"你母亲送你过来，就希望你放下过去，从头再来。"

母亲把她送到苏州，不许木心木意跟着，就是怕她有一天会想起来。她身边的人对她以前的事情只字不提，他们护着她，守着她，只愿她此后的生活可以开心一些。

她离京的前一晚，母亲说想看着她睡觉，像小时候一样，唱着童谣，哄她睡觉。

以为她睡着了，母亲落下泪来，拉着她的手，泪水滴在她的手上，却没听见母亲哭泣的声音。

她听丫鬟轻声劝母亲回屋休息，母亲只说："让我再看看她，再看看她。"

她的女儿，从生下来就被捧在手心里，长大了成了亲，却遭受这些，这对一个母亲来说，如剜心之痛。

"朝朝，有没有在听姥姥说话啊？"外祖母拿筷子在顾今朝面前晃了晃。

顾今朝回过神来，笑着道："我来苏州一直很开心。"

外祖母听见这话愣了一下，眼睛里似乎有泪花。外祖父放下筷子，摸了摸顾今朝的头说："那就好……我们朝朝开心就好。"

顾今朝想了一夜，终于想通了，爱恨嗔痴终究也只是那三年的事情，她忘记过往，嫁一个好人家，才是所有人都愿意看到的。

顾今朝开始慢慢接受和郑羡言的相处。在一次乘舟泛湖时同他说："郑公子，我是成过亲的人，那些往事我虽然都忘了，但不代表没发生过。你不会看不出两个老人家的意思，你若介意要趁早和郑姥姥说，不要顺着老人家的意思，做自己不喜欢的事情。"

她一下子说了很多，说完郑羡言就递上一杯茶，打趣道："早就想说了吧？"

见她没说话，又说道："我不在乎姑娘的过去，也请姑娘别介意鄙人年近三十不曾娶妻。"

郑羡言送顾今朝回府，刚一回去，顾今朝就闻到屋内阵阵栀子香。她快跑几步，声音有些急促地问："这……这栀子，是何人送来的？"

"羡言啊，那小子看你喜爱栀子，今日派小厮送过来的。"外祖母也喜爱花草，对这两株栀子爱不释手。

顾今朝垂眸，觉得自己有点可笑。

她在期待什么。

入秋的时候，京城的消息传到了苏州。

皇后谋害皇子构陷贵妃与宰相，废后迁宫，太子沈牧璟帮其隐瞒，蒙蔽圣听，废太子，发配端州，永世不得离开。

苏州，是必经之路。

外祖母问她可想去看看，顾今朝睫毛轻颤，垂眸摇了摇头。

“去看看吧。”外祖母说道。

顾今朝不解地抬头，外祖母把她抱在怀里轻轻叹了口气说：“你打小就聪明，要不是我这个老太婆活得久，真能叫你骗过去。”

“姥姥……”

“那株栀子花，是他托人送过来的。”

沈牧璟的车马行至苏州，顾今朝去看了一眼，本来马车已经驶过了，却又停了下来。

她看见沈牧璟从马车上下来，朝她快步走来，停在她面前，眼睛里有很复杂的情绪，却都化为温柔，又停顿了许久，似是在措辞：“姑娘……身上戴的可是栀子花的香囊？”

见她未回话，他又说道：“是我冒昧了。”

“舟车劳顿，喝口茶再走吧。”顾今朝对他笑了笑，轻声道。

从京城发来的书信，顾今朝都看过。

信上写了，朝中局势看似两极分化，可实际占优势的是沈牧琛。

只要皇帝的心里永远有先皇后的位置，沈牧琛便不会倒。

可皇后急于求成，被抓到了把柄。

这是顾今朝还是太子妃时发生的事情。

沈牧璟用最后的时间，写了休书，逼着顾素之弃了官职，他们顾家从此与他再无干系。

不会被连累。

“我泡茶的手艺是被圣上夸过的，端州的罗浮山茶最为出名，日后……日后可要尝尝？”顾今朝将茶杯推给沈牧璟，目不转睛地看着他，眼睛里带着小心翼翼的期待。

“多谢姑娘提醒，日后若是有机会，我会尝尝的。”沈牧璟没有动桌上那杯茶，只是看着她，眼里是温柔而坚定的拒绝。

茶香氤氲的热气熏红了她的眼睛，一滴泪落在茶水中：“沈牧璟……”

“愿姑娘平安顺遂。”沈牧璟打断她，俯首作揖。

她用了多大的勇气才决定来找他，只要他说一句跟我走吧，无论前路多么艰难，她都义无反顾。

可是他没有，他明明知道自己的意思，却只字未提。

这是她第二次看着他离开了。

顾今朝慢慢转身，一步一步地往回走。

从此，他去他的端州，她在她的苏州。

不复相见。

尾声

顾今朝成亲的日子定在二月初五，里里外外都是两个老太太操办的。

顾素之带着顾母和今安从京城赶来，顾母难得笑得这么开心，顾今朝比了比今安的身高笑道："都快比姐姐高了。"

郑羡言托人运来了数十株盛开的栀子，这个季节能弄到这些，实属不易。

运送的马夫闲暇时问他为何要这么多栀子花，郑羡言笑了笑，回头看了眼蹲在地上看花的顾今朝，满眼宠溺："我的夫人是个喜欢栀子花的姑娘，虽不知其因，但她喜欢，我便也喜欢。"

马夫咂舌感慨道："这位夫人是个有福的。"

郑羡言摇头道："是我有福。"

他从不相信一见钟情，直到遇到了顾今朝。

她只是安安静静地坐在那儿，就让他移不开视线。

从商多年，他从来不在乎世人的眼光，成过亲又怎样？太子妃又如何？他不会在意。

所以，当祖母和顾家奶奶想撮合他俩时，他并没有拒绝，甚至有些欢喜。

何德何能啊，这样聪明厉害的姑娘，能答应嫁给他。

苏州与京城的习俗大有不同，没那么多烦琐的礼节，顾今朝可以随意走走。

见一小厮在清点送来的贺礼，顾今朝凑上前看，不经意地问道：“可有人送茶来？”

小厮仔仔细细地看了一遍摇摇头说：“夫人，这新婚贺礼都是送珠宝的，哪有送茶的啊。”

顾今朝轻“嗯”了一声，带着若若离开了。

外祖母选的这一天极好，有点小风，却并不冷。

礼官喊着拜天地，拜长辈，夫妻对拜。

喜娘扶她回屋时，风轻轻掀起了盖头的一角，顾今朝眼角瞥见庭院的角落里有个身着青色衣裳的人，衣角绣着兰花，待她再仔细看时，就不见了人影。

顾今朝自嘲地摇摇头，她真是魔怔了，皇帝有令不得擅离端州，他怎会来？

罢了。

顾今朝，别念了。

可她不知道，沈牧璟真的去了。

如她离京那年一样，遥遥地望见的那个戴着斗笠的身影也是他。

她该是有多难过啊，才会去找织梦人。

她睡了一个月，醒来不记得他了。

听到她失忆的消息，他不知道自己该不该高兴，于她而言，忘了是最好的选择。

他偷偷离开封地前一晚，属下问他究竟有什么重要的事，不惜违抗皇命。

他说，赴故人之约。

不是没听懂她那日的话，不是不想带她一起离开，只是……

他舍不得。

锦衣玉食长大的姑娘，只跟了他三年就受了那么多苦，他不能再自私地把她硬留在身边。

他喜欢了多少年啊，她或许自己都忘了，那日荷花池合奏，惊艳了在场所有的人。

她笑意盈盈地受着所有人的赞美，阳光照在她身上，夺目得让人移不开眼。

自那之后，他都会格外关注她，她的一颦一笑，她对宅门内斗的不屑，他都看在眼里。

他不敢靠近，甚至不敢与她说话，他分明看见了她与其他皇子笑着说话，却并未达眼底的笑意。

他怕她觉得，自己也是因为她顾家嫡长女的身份才靠近她的。

这样的喜欢，从少时开始，沉淀了许多年。

沈牧琛为了苏念念不惜惹怒父皇，他起初不懂，现在倒是悟了。

是真的喜欢，才会不顾一切。

朝朝啊，他心爱的姑娘，愿你如多年前他许的愿一般，平安顺遂。

只是他，自此以后，年年岁岁无今朝。

“朝朝，罗浮山茶不似传言所说，实则味苦，不合你的口味。”

图书在版编目（CIP）数据

行止晚 / 织尔著 . -- 南京：江苏凤凰文艺出版社，
2022.2
ISBN 978-7-5594-6331-9

Ⅰ . ①行… Ⅱ . ①织… Ⅲ . ①短篇小说 – 小说集 – 中国 – 当代 Ⅳ . ① I247.7

中国版本图书馆 CIP 数据核字 (2021) 第 201853 号

行止晚

织尔 著

责任编辑　张　倩

特约编辑　曹　岩

出版发行　江苏凤凰文艺出版社

　　　　　南京市中央路 165 号，邮编：210009

网　　址　http://www.jswenyi.com

印　　刷　三河市冀华印务有限公司

开　　本　880mm × 1230mm　1/32

印　　张　8.5

字　　数　201 千字

版　　次　2022 年 2 月第 1 版

印　　次　2022 年 2 月第 1 次印刷

书　　号　ISBN 978-7-5594-6331-9

定　　价　48.00 元